講談社文庫

新装版

大坂侍

司馬遼太郎

講談社

目次

大坂侍

和州長者

一

　この方角なら、聖源寺《しょうげんじ》だろう。子《ね》の刻の鐘が若葉の闇にむれて聴えてくるのを、欣《きん》吾《ご》は臥床《ふしど》のなかで、ひとつふたつと数えていた。最後に捨鐘《すてがね》がなりおわったとき、そっと眼をあけた。障子があいた。

　いつものように、嫂《あによめ》の佐絵《さえ》が、欣吾の臥床に白い体をさし入れてきたのである。かくべつ暑い夜でもないのに、嫂の小さな体が汗ばんで、ほのかにわきがが匂った。

「嫂上《あねうえ》――」

「だまって」

「え？」

「でないと、このまま消え入りたくなります。佐絵は、わが身がおそろしい。……」

「いえ、それは私のいうことでしょう」

欣吾は、佐絵の細い腰に手をまわした。佐絵のにおいが、臥床のなかに満ちた。まるで白檀《びゃくだん》でほられた観音像のように端正なこのひとの、いったいどの部分から、こうしたなまなましいいのちの霧気《いおり》がかおるのか。いつもながら、ふしぎにおもうのである。

「嫂上を罪に誘《いざな》ったのは、私ではありませんか。あれから一年たつ。欣吾は、この楽しい罪をかさねて思いのこすことはない。たとえ、有頂天へ飛ばされてもいい。金輪際へ堕《おと》されてもかまわない。欣吾はこの罪をひとりで背負っていこう。嫂上に罪はないのだ。恋は、欣吾だけのものです。いえ、そうしておいてください。——だいたい、兄上がよくないのだ。このような美しい嫂上をすてて、町方の妾《めかけ》のうちに入りびたりとは、どういう料簡《りょうけん》なのでしょう」

「それはおっしゃらないで。——佐絵には、欣吾さまのお心だけが、いきがい」

佐絵の昼間は、旗本寄合席二千石の青江《あおえ》采女《うねめ》の奥方として、古ぼけた御所草紙《ごしょぞうし》のような暮しのなかにいる。その冷《つめた》いほどにとりすましたこの女が、いま、欣吾の愛撫を待って、まつげをこまかくふるわせているのだ。やがて歓喜のなかで、妖しいけもののような変身をみせるだろう。兄に見捨てられたこの女が、愛撫に狂気すればするほど、欣吾にすれば哀れが深むのである。

佐絵は、青江家よりやや格上の書院番頭《しょいんばんがしら》田村家から嫁《とつ》いできた。欣吾が十四のときである。婚礼の夜、式が果ててから、仲人役の伯父青江左門が欣吾を佐絵の新しい居間につれてゆき、「そちの嫂上になられる。よく睦《むつ》んでいただくがよいぞ」と挨拶させた。欣吾は、前髪の頭をあげてから、あっと眼を伏せた。

それほど綿帽子をとった佐絵の容姿は美しかったのである。ふるい記憶のなにかに似ていた。すぐ、おもいだせた。死んだ母がいつも床の間に掛けていた魚籃観音《ぎょらんかんのん》の顔にそっくりだったのだ。欣吾は思わず、「お嫂上様は、そっくりでございますね」と言った。

「まあ。何にでございましょう」

「観音さま」

欣吾は、言うなり真赤になって、制止する伯父の手をするりとくぐりぬけ、ばたばたと廊下のむこうへ逃げた。

それから六年経ち、欣吾は二十になった。元服を終えたが、次男坊の彼にはさしあたって生活の変化もない。養子にでもゆかぬかぎり、旗本の次男坊以下というのは、生涯部屋住《へやずみ》のまま、兄の寄食人《かかりゆうど》としておくらねばならなかった。小旗本では、妻さえ娶《めと》れぬ場合があった。欣吾の青春は、養子の口のかかるのを待つだけの時間なのである。学問や武芸にさして才能も興味もなかった彼は、毎日が退屈な日だった。若さが鬱屈《うっくつ》しはじめていた。ときに、身のうちのものを抑えかねる日があった。少年のころ、嫂の美しさを憧憬した彼の眼に、佐絵の立居振舞をみてふと獣の光が宿ることがある。そうした彼の毛虫のようになまなましい季節に、もうひとつの不幸な条件が加わった。

兄の采女が、佐絵に興味を喪《うしな》いはじめたことだった。佐絵に子供の宿らぬことを公然の理由に、侍女に手をつけて町方へ囲った。寄合席といえば、元旦をのぞいては登城することもない。それをよいことに、妾の家に入りびたって十日も帰らぬことがあった。自然家計が窮迫しはじめたが、そのやりくりも、用人の讃岐《さぬき》源右衛門《げんえもん》に任せたままであった。

こうした夏のある夜、その夜も兄は不在だった。兄の不在を思うと、妙に寝ぐるしかった。臥床の上布団に巻きつけた五尺六寸の体が、何かに抑えられねば狂いだしそうに思えた。気がつくと、欣吾は、布団のふちを嚙んで泣くように叫んでいる自分を発見した。

「……!」

自分が叫んでいるのが嫂の名であることに気付いたときは、欣吾はさすがに汗が一時に体を濡らした。女が欲しかったのだ。さしあたって女性《にょしょう》といえばこの人しか知らなかった。昼間、佐絵が庭にかがんで、沈丁《じんちょう》の樹の下苔《したごけ》をいたわっている姿を垣間みた。帯の下で、佐絵の細い腰が豊かに折れていたが、その部分のみが、深夜の欣吾の脳裡にあやしくくねった。

「どなたでしょう」

はっと我にかえると、欣吾は嫂の寝所の明障子《あかりしょうじ》の外に立っていたのだ。嫂の声に、欣吾は狼狽《ろうばい》した。しばらく息をひそめていたが、ついに堰《せき》が切れた。欣吾は、がらりと障子をあけて、

「嫂上。私だ」

佐絵は、無言で抵抗した。欣吾は、右腕で嫂のほそい咽喉《のど》を締めた。佐絵は失神《しっしん》した。いや、失神のふりを装ったのだろう。

抵抗したところで、どうせ男の力にはおよばない。失神すれば、営《いとな》みは欣吾の一方的なものになり、罪の意識からのがれることができる。佐絵のかなしい智恵であった。欣吾にはそれがわかった。むしろそれだからこそ愛《いと》おしく思った。

抱き終えてから、欣吾はそっと佐絵の寝所を出た。廊下の曲り角まできたとき、足もとの庭の茂みで、ガサリという音がした。

「誰だ。そこにうずくまっているのは」

「あっしです。団平《だんぺい》でござんすよ」

「中間《ちゅうげん》か。何をしていた」

「へえ、つくばいをね、移してるんで。用人の讃岐様が、あすの朝までにお勝手戸口まで出しておけとおっしゃるもんですからね」

「つくばいまで売るのか」

「織部《おりべ》灯籠《どうろう》もだそうで」

「兄の妾狂いにも困ったもんだ」

呟きながら、ふとみると、団平という名の三十がらみの中間は、およそ三十貫はあろうという御影石の大つくばいを軽々と抱えて茂みの向うへ消えてゆく。みるからに精悍《せいかん》そうな面構えの男だった。戦国の世に生まれれば雑兵から身を起して小城の主《あるじ》ぐらいにはなれそうな男だが、剛力というものは、置く場所を違えると却って妙な可笑味《おかしみ》があるものだった。

「泰平の力自慢は牛劣り――そんな川柳《せんりゅう》があったな」

欣吾は、くすりと笑った。佐絵の部屋から出てきたことをこの馬鹿力の男に勘付かれたところで、たかが中間なのだ。いまでは、そのことさえすっかり忘れた。

「ああ、若葉の匂いが、部屋の中までにおってくる。あの夜も、若葉のかおりの強い夜でしたね、憶《おも》いだすなあ。ねえ、嫂上。おぼえていらっしゃいますか」

　その夜、佐絵の体を離してから、欣吾は言った。一体に欣吾は口数が多かったが、佐絵は仏像のように無口な女だった。すこし疲れたらしく、大儀そうに、

「そうね」

と言った。声が空《うつ》ろだった。いつものことだが、欣吾と佐絵とは、情熱の琴線がどこか合わないものがある。欣吾はそれをもどかしく思った。もどかしさが、再び情炎をかきたてた。欣吾は、もう一度佐絵を抱こうとした。床を脱け出ようとする女の細い腕をとった。

「もう、厭。帰ります」

「冷たい言い方だなあ。嫂上、あなたは私がきらいになったのですか」

「お兄様がお帰りになるような予感がするのよ」

「こんな夜更に？」

「ときどき、そんなことがあるの」

　佐絵は着くずれを直すと、もとの仏像のような表情にもどった。そして、しずかに出て行った。その影が、明障子の向うを通ってゆくのを、欣吾は床の中から見送った。佐絵が死んだのは、その暁方である。

二

「欣吾。起きろ。佐絵が死んでいる」

薄眼をあけると、枕許に足袋がみえた。佩刀《はいとう》を摑んだまま、采女《うねめ》が立っていた。佐絵が欣吾の部屋を出ていってから三時間と経っておらず、夜も明けきっていなかった。欣吾は跳ね起きた。それを采女は冷やかに見て、

「男と寝た形跡がある」

「えっ」

膝が、音をたてるほど慄えた。采女は「来い」とひとこと言った。嫂の寝所に入ると、采女はふりかえって、うしろを閉めろと命じ、自分は燧石《ひうちいし》をとりだして、行灯《あんどん》に灯を入れた。あかりが、佐絵を照らした。

佐絵は、布団の上に仰臥していた。よほど苦しかったのかあのつつましい女が、胸をかきむしり、右足を棒のように硬直させ、左足を大きく曲げて、まるで仏説の中の淫鬼《いんき》のように裾《すそ》をむざんに割ってみせていた。欣吾は思わず両掌で眼をおおった。采女は言った。

「仏を愧《はず》かしめるつもりはないが、佐絵のは男のもので濡れている。部屋にも、男の匂いが残っている。欣吾」

「えっ」

欣吾は蒼白になった。兄は自分を殺すかもしれぬ。恐怖が全身に奔った。急に膝から力が脱けて、嫂の枕頭にすわりこんだ。

「殺されたのか、病死なのか、頓死《とんし》の理由をただしているいとまはない。いま、不義の相手などを知ろうとは思わぬ。――欣吾、家名がある。洩れてはならぬ。湯を沸かすのだ」

「え？」

「湯だ。兄弟二人だけで湯灌《ゆかん》をする。湯をわかすときに、下女を起してはならぬぞ。よいか」

あっと思った。采女の魂胆《はら》がわかった。この男は、ただ外聞だけを恐れているのだ。欣吾は一瞬怒りがつきあげてきたが、同時に深い安堵《あんど》の吐息をついた。兄の様子をみると、不義の相手は、まさか舎弟であろうとは露も思っていないではないか。そう思うと、現金なものだった。なんとなく喜びに似たようなものが込みあげてきて、欣吾は「はいッ」と元気よく返事をし、部屋をとび出した。

日が過ぎた。あすは、嫂の初七日《しょなのか》という夜であった。さすがに欣吾も、おのれの軽薄さを愧《は》じる落着きをとりもどしはじめていた。兄は依然として欣吾を疑う様子がなかったばかりか、嫂のことについては一言も語らなかった。兄に成敗《せいばい》されるという、恐怖が去った。安堵が、欣吾に反省の余裕を与えたのである。

(嫂上《あねうえ》。申しわけもない。……)

寝所で、敷布団の上に坐りなおし、仏間の方角にむかって両手をついた。涙がとめどなく頬を伝わった。感傷というものは、自分が安全な側に立っている場合のみ心を濡らすものらしい。

とはいえ、皮肉なものであった。――地獄の底までもこの罪は自分一人で背負ってゆくと明言した当の自分が、ここに無事で生き残っている。嫂は、すべての汚辱を着たまま死んだ。むろん佐絵は親類縁者には単なる病死として公表されたが、残された欣吾の自責はそれとはべつだった。

(嫂上。欣吾は恐かったのです。死の恐怖がこれほど人を変えてしまうとは思わなかった。いまからでも兄上にすべてを話して成敗をうけることも考えぬでもなかったが、それもこわい。欣吾は臆病者です。お笑いください。たんと笑ってください)

涙が布団を濡らした。おえつをこらえていたが、ついには声が出た。泣けば嫂がゆるしてくれるだろうとも思った。欣吾は身をもむようにして泣いた。

やがて、顔をあげた。ふと、疑問がきざしたのである。

（しかし……）

欣吾は、首をかしげた。すでに涙はかわいていた。

（わしが嫂と居たのは、嫂が死ぬ一刻半ほど前であった。それほどの時間が経ったあとも男のそれは匂うであろうか。しかも兄は、あのとき、部屋に男の匂いが残っている、と言った。わしはあの部屋には行っていない。――と、すると、だれか）

ここまで考えたとき、欣吾の顔にぱッと赤味が射した。妙な理屈だが、不義の相手は自分だけではないことがわかったのである。

（……だれかが、嫂を犯した。犯したあと、嫂を殺したのか。その直後に兄が帰ってきた……）

が、様子からみて、嫂の死因はどうやら他殺ではあるまい。咽喉《のど》に扼殺《やくさつ》の指あともなかったし、毒殺の点も、あの皮膚の色からみて考えられない、と欣吾は思った。自然死である。嫂は元来心臓が弱かった。相手は激しい愛撫ののち部屋を去り、その直後に嫂に発作がきた。考えられることではないか。

（そうだとすると、犯したやつはたれなのだ）

みるみる欣吾はこめかみの血管がふくれあがって、はげしく搏動《はくどう》した。佐絵の部屋に忍び入って、力ずくで佐絵を犯した男がいる。欣吾は、嫉妬をおぼえた。草の根をわけてもその男をさがし、この手で成敗せねばならぬ。

（わしには、成敗の権利があるのだ。それが嫂の冥福への道にもかなう。——嫂上、この仇はきっとわしの手で討ちますぞ）

欣吾は、もう一度、仏間のほうにむかって頭をさげた。涙が乾《かわ》いていた。頬に、喜色があった。成敗《せいばい》されるどころか、成敗できる側に立ったのである。

（ああ、鐘。……）

そのとき、聖源寺《しょうげんじ》の鐘が鳴った。雨戸を隔てた庭の夜露の若葉の匂いがぬれて、ねとつくような六月の闇のなかを、鐘はいんいんとして響きはじめた。

（憶《おも》いだす。嫂上、あなたはあの鐘が鳴りおわると、よく私の臥床《ふしど》を訪ねてくださった。……）

欣吾は、そっと首をうずめて布団のなかを嗅《か》いだ。嫂のすこしすえた背青魚のような体液のにおいが、まだどこかにのこっていそうに思えた。

鐘の音がとぎれた。やがて捨鐘《すてがね》が夜のしじまに消えたとき、不意に障子があいた。

欣吾の血がこおった。……

「あっ、嫂上……」

「とんだお間違えで」

のそりと、黒い人影が這ってきた。

「だ、団平か。なぜ呼びもせぬのに主の部屋に入る」

「いや、お呼びなすった」

「わしが、か」

「奥方様がさ」

「痴《し》れたやつ。嫂上は六日前に亡《な》くなられている。気でも狂ったのか。どこに嫂上が居られる」

「お前様の、そのうしろにね。――ほら」

「えっ」

欣吾は蒼白になって、後を見た。部屋の隅の闇だまりに、衣桁《いこう》が立っている。欣吾が脱《ぬ》ぎ掛けた着物が、かすかにゆれていた。

「あはは、こわいかね。奥方様は密通の罪を着たまま果てなされた。あのお体に一年がかりで罪を塗りこんだお前様は生きている。こわいはずさ」

「お、おのれは、なぜ……」

「ああ知っている。あっしは庭働きだ。悪いがこの一年、密語《ひそかごと》の一言一句まで盗み聴いた」

とっさに、生かしてはおけぬと思った。左手をのばして刀掛から脇差の鞘をつかむや、ものも言わず、団平の大きな顔を真二つに斬りさげた。「おっと」

言ったのは団平である。ゆっくり右へ体《たい》をかわして欣吾の腕をかかえこみ、

「無理だよ、その腕じゃあ。話はもとへ戻るが、お前様は奥方様へたしかに言った。地獄の底までも不義密通の罪は私ひとりで背負うてゆくとね。その心底がたしかなら、幸いあすは初七日、法事が終ったあと、奥方様のお部屋に集まって貰《もれ》えてえ」

「だれのさしずだ」

「中間団平のさ」

「無礼な。おのれは何の資格があって言う」

「知らぬということはあるまい。奥方様のお輿入《こしいれ》の日以来、御実家の田村家から付き従ってきた中間だ。いわば、奥様のたった一人の遺臣というわけさ。お前様が、はじめて奥様を手籠《てごめ》にした夜も、たしか庭先で顔を合わしたはずだった」

「忘れた」

「忘れてもいい。どうせ虫ケラ同然の中間小者だから」

「し、しかし、嫂上が亡くなられた夜、同衾《どうきん》したのはわしのみではない。そのあと、嫂上のお居間で嫂上を犯したやつが居るのだ」

「居る。たしかに居る」

団平は片頬をひきつらせて、にやりとわらった。片膝をたてて毛ずねを出し、欣吾の胸を摑んだままぐっと立ちあがって、立ちあがりざま、手を放した。欣吾は、よろよろとよろけて、ふとんの上に尻をついた。団平は、立ったまま右手で自分の裾を尻までまくり、左手を下帯の中へ差し入れて言った。

「みろ。少々他人様よりむさいかもしれねえが、へのこには変りはねえ。これをみて、よく覚えておけ。——俺の生れた大和国《やまとのくに》二上村には、へのこのくがたちという事がある。それを使うにはそれだけの責任を持てという習慣《ならわし》だ。女を二枚舌で釣るなということさ。舌もこれも、同じ一つの体から生えている。舌とこれと、べつべつのことを言うなということだ。ところが、お前様はそうじゃねえ」

「わしは嫂上に嘘を言った覚えはない」

「その口が違っている。——とにかく、初七日の夜、集まってもらおう」

「何をする」

「来ればわかる。なあに、ちょいとしたことだ。真蒼《まつさお》になるほどのことじゃない」

団平は、大きな体にしては足音ひとつ立てずに部屋から出て行った。欣吾は、どさりと布団の上に倒れた。眼がひきつって、奥歯が鳴った。中間風情の脅しのままに翻《ほん》弄《ろう》されている愚かしさが、わがことながら情無かったのである。所在ないまま、右手をのばして股間《こかん》にさし入れてみた。指先に触れたそれは、だらりとして、たった今見た団平のそれが持っていたほどのきびしい威厳がなかった。掌に無気力な温度が伝わってくるにつれて、欣吾の表情が暗くなった。なるほど、いまにして思えば、嫂に語ったすべての睦言《むつごと》は、口から出まかせの嘘だったような気もする。――そうしたねやのうそは、いったい、口が言うのか、へのこが言うのか。欣吾は、そっとそれを眺めた。佐絵との恋のむくろが、他人のような顔付で、ひえびえとのびきっていた。

三

采女《うねめ》の屋敷は、坂の上にある。そこから坂の真下、三丁ばかり降りきったあたりの八幡宮の裏に、商家の隠居が建て残したらしい小さな家があり、ほんの三月ほど前に用人讃岐《さぬき》源右衛門の工面で借りた、采女の妾宅なのである。妾の名を、お勢《せい》という。

あすは佐絵の初七日というのに、奥の間で、百姓女のようにふてぶてしく実のったお勢の腰を抱いて、采女は坂の上の屋敷に帰ろうともしない。その夜、やはり子《ね》の刻の鐘が鳴りおわってから暫らくした頃おいだった。お勢は、采女の執拗《しつよう》な抱擁に堪えていたが、急に眼をパチリとひらき、

「殿様。ちょっと待って。なにか変。あの天井が」

「妙なことがあるのか」

「みしりと、物音がしたように思います」

「どうせ、いたちが鼠を追うて入ったのだろう。さあ眼をつぶれ。途中で興を殺《そ》ぐやつがあるか」

「だって――」

「穏《おとな》しゅうな。さあ眼をつぶれ。なあに、賊が入ったところで、この采女はお玉ケ池の道場で免許を貰ったほどの腕だ。あいてのほうで難渋《なんじゅう》するだろう」

「でも、まだ物音が」

「ふむ」

采女は、くびをかしげた。急にお勢の体をはなすと、手をのばして脇差をとった。お勢は長襦袢《ながじゅばん》のすそをかきあわして、ふとんの上にすわった――色が黒く、口元が下卑《げび》ているところをのぞけば、いかにも男好きのする女である。采女が、観音さまの

ような佐絵を見返ってこの女を賞《め》でている理由が、その肉厚い膝に瞭然としていた。采女は、用人讃岐源右衛門に言ったことがある、

「佐絵は寝間のことを好まぬらしい。あの観音のように様子ぶった女をみていると、身のうちまで抹香《まっこう》臭くなる。お勢はまるでちがう。抱くと、血のたぎる音がきこえて、肉のひとひらまで動きおるわ」

ところで、天井の物音である。しずかに移動して、床の間の上あたりまできた。床の間の上は天井板を外してあって、大工などが自由に屋根裏へ出入できるようになっているらしい。そこから、顔が一つのぞいた。采女の方からは見えないが、声だけが降ってきた。

「殿様、あっしだ、団平さ」

太いだみ声である。

「何、団平？」

「そう。だからその刃物をお収《しま》いなすって。こう、妙な所から参上でもしなきゃ、殿様と中間《ちゅうげん》が二人っきりで会うなんてのは出来っこねえ。怒っちゃいけませんよ。こっちだって、這いたくもねえ天井を這いずって、煤《すす》だらけになってるんだ。じつは話があるんだがね。それも殿様と中間てえことではなく、男と男で会って貰えてえ。さ

あ、その刃物を収っちゃくれませんか」

「無礼者。降りて来い。一寸試しに刻んでやる」

「わからねえお人だなあ。刃物いじりで怪我をするのは、お前様のほうじゃねえか」

言い終るや、団平の下半身が、ぶらりと天井から下ってきた。

「おのれ」

おあつらえむきの吊し斬である。采女は脇差を抜くや、団平の生胴を横へ払った。

たしかに右胴へ入ったが、意外にも采女の脇差がビーンと跳ねかえった。いつのまにか、団平は銅《あかがね》の止め金を巻いた短い中間用の木刀を手にしていたのである。男は、
すとんと床の上に降りると、

「欣吾様よりゃア、撃剣の筋はいい。だが無駄だな、それじゃ、大根も斬れないね」

「ちッ」

采女は、血相を変えて上段からふりおろした。団平は、木刀をひねって脇差を高くはねあげ、そのまま木刀を返して、鍔元《つばもと》を力まかせに打った。

「あッ」

「傷があったね、この刀は」

刀は鍔元から折れて、刀身だけがグサリと畳の上に突きささった。団平は、ゆっく

り木刀をふりあげた。振りおろせば、采女の頭蓋《ずがい》はこなごなになるだろう。そのままの姿勢で、

「今夜は団平のいうことを聴いてもらいてえ。さあ、そこへ坐ってもらおう。——殿様、下帯だけは締めて貰いたいね。お方様もだ、お前さんの裾の方が、お祭になってるよ」

「あ、はい」

お勢は、思わずそんな返事をした。不動明王のように突立っている団平の並はずれて大きい体から、何となく威圧を感じたのだろう。団平はお勢の従順さに苦笑して、

「たかが中間だ、固くなることはねえ」

「いや」

言ったのは、不貞《ふて》くされて坐っている采女である。

「たかが中間、ではあるまい。知らずと傭うていたのは、こっちの不明だが、前身は野盗か山賊か。それとも島破りか」

「ちがった」

団平は、大きな顔に、はッとするほど無邪気な笑いをうかべた。

「ただの百姓の子さ。死んだ奥方様の御実家田村様の御知行地はごぞんじでやすか

ね」

「和州《わしゅう》二上村だろう」

「そこの水呑百姓の子だ。二上村から峠一つ越えれば河内国《かわちのくに》国分さ。懐《なつか》しいね。この国分村の庄屋が南木《なんき》十郎左衛門という方で、南木の二字を合わせれば楠だ。南木様は、楠《くすのき》 河内判官《かわちのほうがん》正成様の末裔《まつえい》というので近在の庄屋とは一格上になっている。この南木様は、百姓のくせに居合は田宮流を極め、刀術は和州柳生郷《やぎゅうごう》のお止流《とめりゅう》を秘かに汲んで、わざは京大坂でも及ぶ者がないという達人になられた。あっしは百姓の子のくせに子供のころから剣術が大好きで、親に叱られながら峠を越えては南木様に習うた」

「わかった。その百姓が、なぜ江戸へまかり出た」

「あっしが十九の年だったかな。田村の殿様が、はるばる江戸から上られて、知行所をお見廻りになった。そのとき、噂さをお聞きくだすって、そんなに剣術が好きなら江戸へ連れて行って、武家奉公をさせてやろう、折があれば徒士《かち》に取立てぬでもない、ということで、あっしは田村家の中間になった。赤穂義士の相手をした清水一学は、もとを洗えば吉良様の知行所参州吉良郷の百姓の子だったそうだね。あっしは一学と似ている」

「一学は吉良家に殉じたが、お前はどうなのだ」

「話が固くなったね。田村の殿様は、佐絵様がお前様の所へ輿入《こしいれ》なされてから、ほどなくして亡くなられた。輿入のとき、お前は佐絵に付いてゆけと申され、そのために、年四両のあっしのお給金はいまだに田村家から出ているはずだ。だから、あっしは奥方様のお中間で、お前様の中間じゃねえ」

「それゆえ、田村家からきた佐絵に義を立てようというのか。その佐絵も死んだゆえ、これからは佐絵の亡霊に忠義をつくすというのか。それで、わしの妾の家にやってきたと申すのか」

「いや。あっしは上方者だ」

団平は、宣言するように言い切って、しかしその語気とはおよそ逆に、へたへたと折り崩れるように坐った。手にもった木刀を静かに向うへ押しやりながら、

「言葉こそ江戸者の真似《まね》はしているが、性根と血は上方者でやす。忠義なんざあ、三河から東の田舎者《いなかもの》が江戸へ持ちこんだ祭文《さいもん》で、上方には上方伝来の祭文があるんだ。ことに上方といっても、故国は大和さ。山里の二上村というのは上方でいちばん古い村で、長髄彦《ながすねひこ》の城のあった所だ。おのずと、東国とは人間の生き方がちがう」

「どうちがうのだ」

「口ではうまくいえねえが、江戸じゃ五十万も侍がいるそうだ。侍は、お主《しゅ》のためなら腹も切るそうだが、侍がまるっきり居ねえにひとしい畿内上方じゃあ、そこんとこがよくわからねえ。上方じゃ、主従もねえ、しぜん、忠義もねえな」

「何がある」

「男女のまことというものがある。これは、江戸の侍にゃわかるめえよ」

「男女のまことと？」

采女は、じっと団平を見すえた。眼が糸のように細まって、あおく光った。

「そちあ、奥に懸想《けそう》していたな」

「ち、ちがう」

団平は、あわてた。顔が真赤になって、じりじりと後じさりしはじめた。かかとが、お勢の膝もとを踏んだ。お勢の鼻先に、なまあたたかい体臭がにおった。乾草が陽に蒸《む》れているような、男の逞しい匂いだった。

「殿はん。言うとく」

いつのまにか、団平の口調に、上方弁の地金がでていた。

「たった一言や。それをいうために来たんだ。明晩だったな奥方様の初七日は。坊主が帰ったあとで、奥方様のお部屋に集まって貰えてえ。中間が言うんじゃねえぞ。殿様も中間も、男にゃ変りなかろう。その男が男へ頼むんだ。念にゃおよばねえだろうが、もし違約《いやく》した節には、奥方様のあの死にぎわを、世間に言いふらすぜ」

「見たのか」

「見た。お前様よりも先だったろう」

「生かしてはおけぬ」

「いいだろう。どうせ覚悟はきめている」

言い捨てると、団平は裏庭へとびおり、板塀にとりつくや、かるがると身を翻《ひるがえ》して消えた。

四

団平は、その夜、用人讃岐源右衛門の部屋にもあらわれた。すーと障子をあけると、源右衛門は、布団のなかにもぐりこんだ。同時に、腹に巻いた胴巻を右手で押えている。そのまま布団の中をじりじりと後退し、ふとんの裾から尻を出して、思いきって顔をあげてから、

「何だ、団平か」

深夜の闖入者の正体がわかると吐き捨てるように言った。

三十にはまだとどくまい。握りこぶしほどの小さな顔が老人のように干からびている。髪が抜けはげて糸ほどのまげを載せ、奥眼がねずみのように油断なく光っていた。

この男は根からの武士ではなく、浅草伝法院の侍小姓あがりであるという。親類縁者に商家が多く、ことに伯父上総屋長兵衛というのが有名な材木分限であったところから、いくばくかの金を包んで、渡り徒士《かち》として青江屋敷に入れた。埋財の小才があって青江家の家計を一人で切りまわしているうちに、何ほどか金を浮かしたらしく、それを親戚の座頭と組んで高利にまわし、いまでは百両近い金を貯めこんでいるという噂さがある。

「腹が冷えへんか、讃岐はん」

ぴたりと布団の裾に坐りこんだ団平が、そっと手をのばして、源右衛門の寝巻の下に巻きこんである胴巻に触《さわ》った。明障子《あかりしょうじ》から、月の光の束がさしこんでくる。源右衛門の顔が、その光よりも青くなった。

「おい、おのれは、賊を働くつもりか」

「どこでも、そういわれるなあ。もっとも真夜中に人様のお部屋に這いこむなんぞはまともな趣向やないが」

団平は、柄にもない愛想笑いをうかべた。相手の恐怖心をいたわっているつもりだろう。

「そうじゃねえんだ。ちゃんとした用事できている。あすのことだよ」

「あす？」

「法事が済んだあと、奥方様のお部屋に来てもらいたい」

「中間が命ずるのか」

「奥方様がお命じなさる、と思ってもいい。覚えがあるだろう」

「なに？」

「奥方様を殺したのは、お前様さ」

「えっ」

「違《たご》うなよ。逃げると叩ッ殺す」

「あ、待て」

「はん？」

障子をあけて出かけていた団平が、ふりむいた。

「わしが奥方様を殺したと申すのか。誣言《ぶげん》を吐くと容赦《ようしゃ》はせぬぞ」

「ふざけるない」

団平は、つかつかと源右衛門のそばへ寄ってきた。思わず膝を漕《こ》いで後へさがった。その細頸《ほそくび》へ、団平の大きな掌がかかった。いきなり後へ倒され、喉輪《のどわ》と両脚を押えられた。源右衛門は、身動きもならない。寝巻がはだけて、むさい下帯が出た。団平の掌が、力まかせにそれを摑んだ。

「ひいッ」

悶絶《もんぜつ》しそうになった。容赦せず、団平はもう一度力を入れた。押しかぶさった団平の顔が、ぶきみな一枚岩のように見え、やがて視野が真闇《まつくら》になった。昏倒《こんとう》した。

五

法事は、滞《とどこお》りなく運んだ。仏事がすみ、宴席に移った。佐絵の実家からは、代表者として兄の田村圭之進がきていたが、出席した青江家の親類縁者がいずれも生前の佐絵をほめちぎるので、むしろ面映《おもは》ゆそうに顔を伏せていた。それでもよほどうれしかったらしく、盃がまわってくるたびに、頭をさげて、

「佐絵は死んで女をあげました。みなさまにこれほどほめて頂ければ、仏にとっては

むしろ慶事でございましょう」

「いや、仏と申されたが、佐絵どのは生前から菩薩《ぼさつ》のようなたたずまいがござった。いまごろは、蓮のうてなの上で極楽の風に吹かれてござろう」

と、青江家縁者のだれかが言った。

青江采女も上機嫌で酒間のあっせんをしていたが、ふと弟の欣吾のそばに近づき、口をよせて小声で言った。

「団平を見たか」

「いいえ、朝から」

「なんぞ、あの男の挙動《きょどう》について不審なところに気付かなんだか」

「あ、兄上の所へも」

「ふむ、お前の所へもきたのか。——よし、姿を見かけしだい、容赦なく成敗せい」

「私が？」

「斬れぬなら、源右衛門にも言っておこう。わしも手伝ってやる。目釘だけは改めおけ」

采女は、そっと離れた。

宴が果て、親類縁者を式台の上で送った采女、欣吾、源右衛門の三人は、濡れ縁を闇溜《だま》りから、ぬっと団平が出てきた。

「そっちじゃねえ。ここだ、ここだ」

腕を組んでいる。組んだ腕から、妙なものがぶらさがっていた。貧乏徳利である。

欣吾がすかして見ると、四つもあった。

「盃もあらあ」

団平は、懐をたたいた。

「この徳利で、四人水入らずの法事《ほうじ》をしようじゃねえか」

ぎろりと、大きな眼を据えて言った。その眼を見ると、三人の足が金縛りを食ったようにすくんだ。団平が先に立ってゆっくり歩きはじめた。（今だ）と欣吾は思った。しかし脇差に手をかけるよりも早く、団平が前をむいたまま、

「法事に、刃物いじりはやめようぜ」

団平の広い背に吸いこまれるようにして、三人は、佐絵の居間へ入った。

「あ、兄上が居ない」

「どうせ槍でもとりに行ったのだろう」

団平は事もなげに言って、

「さあ、席についてもらおう。汚ねえが、中間部屋から座布団も四枚持ってきた。——おっと欣吾さん、お前様はそこじゃねえ、下座だよ。一番末席に坐ってもらおう。源右衛門さんは、その次の座。わしは、いちばん上席に坐らせてもらうよ」

そのとき、カラリと明障子があいた。采女である。手槍の穂先を低目に垂れて、じっと構えている。

「団平、無礼のかどで、成敗する」

「やめなはれ」

団平は、ゆっくりふりむいて言った。緊張すると、上方弁が出るらしい。流れてきた穂先を、ぐっとケラ首のところで握った。穂先が、団平のヘソのあたりまできている。一分のびれば、皮がやぶれるだろう。団平は、左手の力だけでそれを支えていた。

「欣吾、源右衛門、なにをぐずぐずしておる。かかれ、な、な、なますにせい」

「それは困る」

団平は手を離すと同時に、体をひらいて槍を横に流し、たたらを踏む采女の手もとに飛びこんで、相手の脇差を抜きはなつや、

「槍を放すんだ。あとの二人も動くな」

ピタリと、切尖《きっさき》を胸許《むなもと》につけた。采女は、仕方なく槍を落した。

「あとの二人も、脇差を鞘ぐるみ外して、床の間の奥へおけ」

みんなが実行したのを見とどけると、団平は槍をなげしに収め、采女をうながして、自分の次の席へすわらせた。

団平は、床柱を背にして、どかりとすわり、

「さあ、法事をはじめよう。心ならずも力を用いたが、それは尋常のことでは、中間の身で、殿様をはじめ歴々の方々を集めることはできねえからだ。わるくとっちゃならねえ。それでなお不審のことがあるかえ」

「団平どのは——」

「欣吾が、おずおずと口をひらいた。言葉つきまで変っている。

「なぜ、さきほど、われわれは水入らずだと申されたのか」

「ああ、あれか。こいつはウカツだった。それを先に言わねえと、この法事の意義はわからねえ。それは、だな」

団平は、大きく息を吸いこんだ。息をながながと吐きこぼした。額《ひたい》に、汗がふきこぼれている。汗を指の腹でしずかに拭《ぬぐ》いとりながら、やがて口をひらいた。

「それは、だな。——」

さ」

「この部屋にいる四人の者は、いちように、奥方様佐絵どののお体を知っているから
「それは？」

「えっ」

「むろん、あっしもだ」

「あっ、おのれは」

「静かにして貰えてえ。殿様、あっしだけじゃねえんだ。欣吾様も、源右衛門までもだ。——あっしが、いまこうして上座に坐っているのは、佐絵様が奥方になられぬ前、つまり娘でいらっした頃からお体を存じあげているという資格によるものだ。殿様、お前様は気の毒だが、あっしのつぎさ。その次は源右衛門、おしまいは欣吾様。この座も、そういう順序でならんでいる。わが郷和州二上村のふるいしきたりだ」

「おのれ」

「しずかにしろ。法事が終るまで騒ぎやがると叩っ斬るぞ。上座を長者と思え。お互い、だれも恨むことはねえはずだ。順序の後先こそあれ、みんな仏の功徳《くどく》を受けている。仲良く、静かになごやかにしなくちゃならねえ。わが郷和州二上村では、こういう場合には、長者のものを囲んで、仏の生前のすがた、ふるまい、声、しわぶきにい

たるまでを語りあうことになっている。――それから先のこともあるが」

「それから先とは?」

源右衛門が、かすれた声でたずねた。

「あとで言おう」

団平は、受けつけなかった。ことばを、継いで、

「だれでもいい、言いてえ者から語るがいいぞ。仏さまとのことをだ。なれそめのことでもいい、お体のことでもいい、ほめたたえるのだ。いわなきゃ、まず、長者のあっしから言ってもいい」

「申せ」

采女が、奥歯をきしらせるような声で言った。

「言う。奥方様、いや佐絵様といおう。いいか。あっしが田村のお屋敷に奉公にあがったときのことだ。佐絵様をひと目みて、このお人が生きて、胸を呼吸《いき》づかせていらっしゃるのが不思議な気がした。そのままのお姿が、観音さまなのだ。お額に小さなほくろがあって、それがそのまま白毫《びやくごう》にみえた。縁側から、庭働きのわしにむかってはじめてお声を頂戴したときは、思わず体がふるえた。聞いているか。勿体ねえ、これが生きた女人《によにん》であるかと思ったのだ。ところが、はじめてお体を頂戴してからとい

うものは、もってえなさが、べつな意味に変った。あっしのような男に、あの仏のような佐絵様が、売女《ばいた》も顔を赤らめるほどの受けなし方をなされた。お声までも変りなされた。お匂いまでもみるみる変りなすった。そのお匂いが、あのお姿のどこに蔵《しま》われたものかと思うと、いまでも奇妙な気がする。女人はおそろしいものだ、みかけと中身が、ああもちがうものか。佐絵様は、髪の毛から足のつまさきまで、男という食べ物がお好きだったにちげえねえ」

「そちは、いつ、どこで佐絵となれそめた」

「お前様とかかわりのあることだ。このお屋敷にお輿入なさる前々から、その大きな汗掻き鼻とぬめりとした厚手の顔をどこやらかでご覧になっていたそうだ。怒っちゃいけねえ、お前様のことだよ、『あれほどいやな顔はありませぬ』と、そっとわしの耳にだけ入れてくだすった。『しかし佐絵は嫁《とつ》がねばなりませぬ。武家の娘に生れたのが身の運と申すものでしょう、佐絵は父や兄にそむかずに嫁《い》くだけは嫁きましょう、が、あのような男に、佐絵の操《みさお》をあげるのはいや』たしかにそう申された。——これは惚言《のろけ》じゃねえ、あとのことがあるから、ひとわたり言っておく必要がある」

「申せ」

「田村のお屋敷では、門の脇の中間部屋の前に小さな竹藪《たけやぶ》がある。その夜、かさこそと竹の落葉を踏んで、佐絵様が訪ねてきてくだすった。わしはおどろいた。佐絵様はしきいのむこうに指をつき、そなたを中間と思うて忍んできたのではない、そなたも私を主家の娘とおもうな、私はかねてそなたを好もしく思っていた、男女の愛に身分はあるまい、そなたが、あと十日で嫁ぐ私をあわれと思うならば、こよい、その横に添わせてはくれぬか」

「佐絵がそう申したのか」

「念におよぶまい。その夜から十夜のあいだ、毎夜竹の落葉をふんで忍んで来なすった。十一夜目の床が、殿様、お前様だ。しかし、言っておく。わしは間男をした覚えはねえ。理屈はどうあろうと、わしの気持の中では、むしろ、おのれの仇し女をお前様に奪《と》られたような気もしている。奥方になられてからただの一度もお情けを頂かなかった。奥方様からもおっしゃらず、わしの方からお願えしたこともねえ。そういう薄汚えことはしねえ。ただお側ちかくにいて、……」

「眺めるだけでよかったのか」

「まあな。真底惚れた男の気持というのは、そうしたものだ。おぼえておくがいい。お情けをおぼえだけを大切に胸に蔵って、あとは秘かにお守りしてゆこうと思っていた。いまでも、悔いはねえ。わしの話はこれだけだ。源右衛門、あとを言わねえか」

「…………」

「言わねえなら、あっしが代りに言ってやろう。この用人が奥方様を犯したのは、一年前のことだ。隠したって無駄さ。初手の夜から、残らず障子の外で聴いていたんだ。恋うている男の勘というものは、われながらおそろしい。奥方様の部屋が妙だという予感がして、わしはそっと近づいた。よもや忘れはすめえ、お前は、この男が奥方様を押えつけてやがったのさ。障子を細目にあけてみると、懸命《けんめい》にこう言っていた、『わしはこの屋敷に、積りつもって五百両の金をたてかえている。うそだと思うなら、ここに証文がある。殿様のあの妄狂いの様子では返済《へんさい》してもらえることはむずかしい。とは申せ、わしが騒ぎたてれば、このお屋敷は取潰されぬともかぎらぬ。ここが奥方のご分別どころじゃ。わしの言うことをきいて頂けるならば、一夜に一枚ずつ証文を破いてゆこう』……」

「お前が奥を守るつもりならば、なぜそのとき飛びこんで危機を救わなかった」

「わからねえか。奥方様にお恥をかかせたくなかったのさ。なぜといえば、そのあとはすぐ密事《ひそかごと》になったからだ。奥方様は、殿様の借財に復讐なされるつもりで、こんな男にお体を許されたのかもしれねえ。——その翌夜《あくるよ》だ。欣吾様が奥方様のお部屋にはじめて忍んできたのは」

「ふむ。……」

「この方は、源右衛門みてえに脅しの手練手管《てれんてくだ》もなかった。ただ闇雲に女がほしかっただけだ。奥方様がすぐ許されたのは、ひょっとすると、源右衛門の後口なおしだったのかもしれねえ。それにしても、ここ一年、ほとんど毎夜のように源右衛門が忍んで来、そのあと、これも毎夜のように奥方様は欣吾様の部屋へ口直しに渡っていらっした。お亡くなりになった晩は、めったにねえことだがこの順がさかしまになり、欣吾様の部屋ですごされたあと、源右衛門が忍んできた。この野郎はこの晩やっと欣吾様とのことに勘づき、奥方様にそのことを責めたのはいいが、そのことでてめえのほうが逆毛立《さかげだ》って、いつもよりしつこく奥方様に絡みつきやがった。そのあとで、心の臓がもともとお丈夫でねえ奥方様のお命が尽きた。そういうてんまつだ。まったく——この屋敷は、畜生道の生地獄さ」

「……………」

「あっしゃあね、奥方様があわれでならねえ。もっとも、この座の者を責めちゃいねえよ。出来たこた、仕様のねえことだ。奥方様も不仕合せな生れつきで、世間でいういいいんらんてえことだったかもしれねえ。しかし、いんらんのゆえにこそあの方を哀しく思うんだ。いくらそういうおなごでも、そのためには相手の要るこったろう。その相手が、殺したも同然のことをしておきながら、生きてのうのうとしていられちゃ、仏も浮ばれめえ。お前達が仏の生前、耳もとで囁いた空証文の蕩《たら》し文句をもって十万億土の旅をなさるのかと思うと、この座の長者として、わたしは身の切られる思いがする。それじゃ男としての義が立つめえ。和州二上村にあっちゃ、こういう場合は、へのこのくがたちをする。このうちのだれかが、女の道連れになって、よみじの旅をするわけだ。早くいえば、後追い心中さ。いいか。座敷の真中を見ろ。――徳利が四つある」

団平は、指さして、じろりと一座を見まわし、「いいな、徳利が四つある。そのうちの一つに毒が入っている。飲んだ者が、奥方様の心中者になるわけだ。よく選べ。一番下座の者からとれ。とらねえか。ぐずぐずすると、たたっ斬るぞ」

ぎらりと、脇差を抜いた。その気魄につい押されて欣吾は、あわててそのうちの一つをとった。つづいて、源右衛門、采女、そして団平。団平は、懐からかわらけをとりだして、一枚一枚、それぞれの膝もとへ投げた。

「手酌だ。手前の酒は、手前が注《つ》ぐがいい。注いで、盛りあげろ。あとは、上座から飲む。――こうだ。このとおりだ」

団平は、立ちあがった。抜身を右手に持ち、一座の真中に仁王立ちに踏まえると、かわらけをあおるように、一滴もあまさずに飲みほした。

「次」

「わしか」

「ああ亭主の番さ。飲んでもらう。この刀をくらうよりはいいだろう」

「刀《それ》を収《しま》え。脅されて飲むのは愉快ではない」

采女は、ぐっと飲んだ。

「次は、讃岐源右衛門」

「か、かんべんしてくれ」

「ふふ」

団平は、刀を源右衛門のまげの上にのせると、ひらりと刃を翻した。元結《もとゆい》が切れて、赤茶けた大童になった。源右衛門はあっと飛びあがり、あわてて飲んだ。

欣吾は逃げようとした。団平はその襟がみをつかんで、首すじに刃を当てた。

「し、死ぬのはいやだ」

「意気地のねえお人だ。ほとけが泣いてござるだろう。お前様の酒に毒が入ってるかどうかもわからねえんだぜ。さあ飲まねえか」

「い、いやだ。――あっ」

欣吾は、首すじを押えた。団平が、わずかに刃を引いたのだ。てのひらに、ねばねばと血がつたった。

「痛いかえ」

「の、飲む」

「ああ、飲むがいい」

ぐびりと、欣吾ののどぼとけが上下して、酒が入った。

「これでおわった。くがたちが済んだんだ。それぞれの部屋へ引きとってもらおう。だれが佐絵様の道連れで旅をするか、あと四半刻もすれぁわかる。毒が利《き》いてくるはずだ。どいつがその仕合せな役廻りになるかは知らねえが、その男のために、もう一ぺえ、盃を乾そうじゃねえか。さあ、めいめいに注げ。盃をあげるんだ」

団平の命令で、みんなはその通りにした。おわったあと、威勢よく濡れ縁から庭へとびおりたのは団平だけで、あとは鉛を曳くような足どりで、それぞれの部屋へ引きとっていった。

翌朝である。快晴だった。庭の緑が、かげろうのなかで、弾けそうに陽を照りかえしていた。

青く染った濡れ縁を、小走りに采女の部屋へいそいだのは欣吾である。

「兄上、ご無事でしょうか」

部屋にとびこむなり、言った。釣竿《つりざお》の手入をしていた采女は、ゆっくり振りむいた。

「ああよかった。ご無事だったのですね。では源右衛門の様子を見てきます」

欣吾は、いのちがたすかったことにのぼせていたのだろう。まるで少年のように無邪気にはしゃいでいた。その憎めぬ浮薄さに、采女は苦笑しながら、が、眼だけは冷たく、

「居まい」

「え？」

「どこまで馬鹿だ。不義の露見した用人が、まだのめのめと屋敷内にうろついていると思うか。逐電《ちくてん》したろう」

「では、団平は？　ちょっと見てきます」

「むだだ。死体になって中間部屋にころがっているはずだ。長者らしくな」

「毒は団平の徳利に入っていたのですね」

「そうでもないね」

采女は、釣竿《つりざお》を袋へ入れながら、

「団平は、だれの酒の中にも毒は入れなかった。佐絵の道連れを余人にとられるのがいやだったのだ。わしは、あれから中間部屋に行ってみた。障子の破れ目から透《すか》すと、やつは盃に薬を入れようとした。わしは、それを飲みほすまで見ていた。哀れなやつだ」

「なぜです」

「やつは長者なんぞではなかった。婚礼の夜、佐絵が生娘であったことは、わしが一番よく知っている。ゆうべ、団平の告白を聴きながら、なぜこの男はうそをつくのだろうと思った。それを明かしたさに、あいつの部屋に行ってみたのだ。やはり、団平は佐絵と一度も交渉をもったことがなかった。それを、虫のような息の下で白状しおった。——馬鹿なやつだった」

「では、なぜあの男は、昨夜私どもを集めてあんなことをしたのです」

「まだわからんのか。あの男は、佐絵がまだ田村家にいたときから、ひそかに佐絵を想いつづけてきた。中間の分際ゆえ、恋を打明けることもかなわぬ。せめて佐絵とおなじ屋敷内にいるだけでいいと自分にいいきかせてきたらしい。ところが、屋敷の弟と用人が佐絵を弄《なぐさ》んだ。佐絵という女も、それをよろこぶような淫奔《いんぽん》な体質だった。団平はその事実を嗅《か》ぎつけてからというものは、ほとんど密事のたびに床下や雨戸の外に忍んで聴いていたらしい。気配を聴くことによって自分自身の恋を仕遂げているようなつもりだったろう。むろん、相手の男どもへの怒りは、しだいに鬱屈《まおとこ》して行ったはずだ。それが、佐絵が死んでからああいう形で爆発した。あの男は、間男たちを暴露し罪を思い知らせることで復讐したが、目的はそれだけではなかった。自分こそが、佐絵と最も古い、最も密接な恋仲であったということを、一座の間男たちにはっきりと認めさせたかったのだ。おかしなやつさ。そのために死んだ。死んで、架空《かくう》の恋の裏判を捺《お》したつもりだった」

「兄上、私を成敗なさるおつもりだった」

「成敗は、ゆうべ、団平がしてくれたさ」

采女は、釣竿をもって起ちあがった。

「わしはね、何だか腹も立たないんだ。お前などに腹を立てると、立った腹が腐るような気がする。おかしな男だったが、団平、あれが男さ。ああいうのが、どうやら、人間の中の真人間というものだろう。わしは自分までを含めて、この屋敷がうとましくなった。青江家の家督は、たったいま、お前に呉れてやろう。わしは明日にでも隠居届を出すことにきめたよ。屋敷を出て、一生、お勢のやつを可愛がってやるつもりだ。屋敷内の物は、みんなお前に呉れてやる。この釣竿をのぞいてはね」

「ほんとうに私にお譲《ゆず》りくださるのですか」

「ああ、このけだものにね」

采女は、欣吾の顔をみながらゆっくり右足をあげてゆき、やがて股《もも》をへその高さに止めた。しばらく一本足で突立っていたが、フーッと長い溜息をつくと、力まかせに欣吾の上体を蹴り倒し、あとも見ずに部屋を出て行った。

欣吾は倒れながら、兄の気持を測《はか》りかねて、しばらく首をかしげていたが、やがて、畳の上に起きなおった。庭の明るい色彩が眼に映った。あすからこの屋敷が自分のものになる。新しい現実が、ゆうべまでのことを遠い過去に押し流した。欣吾という生れつきは、どういう場合にも傷がつかぬように仕組《しく》まれているようである。

難波村の仇討

一

お妙《たえ》は舌が短かった。自然、サ行がダ行になるような、甘ったれた上方弁を使う。中高の顔で、色が浅黒く、眼鼻だちのクッキリした小柄な娘だ。中年男がみれば、下唇の濡れるような魅力だろう。

そのお妙が、佐伯主税《さえきちから》という、若い武士に、会ったその日から、生国魂《いくくたま》の蓮池《はすいけ》のそばにある出会茶屋《であいぢゃや》で体をゆるしてしまった。

「みんなあげる。私。お侍が好きやもん」

「それは。しかし……あなたとは、今日の昼、道頓堀《どうとんぼり》の芝居小屋で知りあったばかりではありませんか」

「恋に日かずなんか、あらへん。あんさんが好きやから好き」

眼の醒めるように鮮烈なせりふだった。備前岡山から出てきて、見るもの聞くものの、すべて珍しかった若い主税は、大坂娘の恋の風習とはそうしたものか、と思いこ

んだ。前髪をやっと落したばかりの年で、異性体験もろくになかったのである。お妙の体をぎこちなく抱擁して、

「――こうすれば、よいのだろうか」

「厭」

彼女は、布団の中で、身体中ではにかんでみせながら、

「私、知らへんのに」

二人は、夢中で求めあった。お妙は、まだ熟《う》れた年頃でもないのに、浅黒い肌のどこを押しても、着色した濃厚な果汁のしたたり落ちそうな娘だった。主税は、すっかり逆上してしまった。

三度目の逢曳《あいびき》のときである。出会茶屋の煤けた天井に、蓮池の水映え模様がうつっている晴れた日だった。主税の愛撫が尽きてから、お妙は眼をひらき、

「主税はん」

「な、なんです。急に改まって」

「あんさんの素姓、当ててみようかしらん」

「備前岡山の浪人ですが」

「ううん、それは聞いた。ほんとうは、敵討に大坂に出てきはったのとちがう？」

「どうして、それを！」

「何を隠そう……」

お妙は、ニヤリと笑って、

「備前池田家のお勘定方《かんじようかた》で二百五十石、佐伯重右衛門の弟同苗《どうみよう》主税。――そうですやろ」

「げえッ」

「兄の重右衛門は、先年大坂からやってきた東軍流の達人奴留湯佐平次《ぬるゆさへいじ》という者のために斬られた」

「な、なぜ、それを知っている」

お妙は薄い唇をつぼめた。やがて、秘密めかしく忍び笑いをはじめた。そして、無造作に言った。

「私は、佐平次の妹やもん」

「ひえッ。カカカ……」

主税は、毛を挘《むし》られた鶏のような顔をした。いつ跳び起きたか、自分でもわからなかった。真昼に化物に出逢っても、こうは取乱さなかったろう。田舎から出てきて、一年になった。大坂は、どうやら化性の棲《す》む街のようだった。頭がクラクラした。夢中で着物をまとい、刀を左手に持つと、生国魂の坂を転がるように下寺町へ降りた。突ンのめりながら、四、五丁を走って、やっと人心地がついたのは、道頓堀の人波に足を踏ンづけられてからだった。

二

「う、そうか。そうかえ。あのド田舎者めがのう」

おかしくてたまらぬように笑ったのは、奴留湯佐平次である。

「お妙。茶ア、もう一ぱい」

妹が入れた茶を大きな口へ流しこみ、指を入れて歯茎《はぐき》を丹念に洗いはじめた。あとは含嗽《うがい》をし、そのまま、ぐびりと飲むのである。

年は三十を出たばかり。おでことあごが張って、三味線の胴のような顔をしている。小さな金壺眼がずるそうに光っているが笑うと相好が一変して、溶けそうな愛嬌がむけて出るというふしぎな顔だった。

「お妙、店の戸、おろしたか。そうや、番頭の長吉を呼んでンか」

奴留湯家では、武家のくせに屋敷を店とよぶ。用人、中間のかわりに、番頭、手代がいる。浪人とはいえ、そういう侍は、奴留湯佐平次だけだろう。

家の前を、堂島川が流れている。あたりに諸藩の蔵屋敷があって、夜は、川面《かわも》を小魚が跳《は》ねる水音さえ聴えるという静かさだ。奴留湯家は、間数が多い。しかし、一見巨大な物置のような安普請《やすぶしん》である。門はなく、その代りに黒塗りの奇妙な鳥居が掘立てられている。鳥居の両脚に五枚の看板が打ちつけられてあり、その一枚一枚を読むと、この多忙な男の稼業の概要がわかる。

①東軍流剣法御指南
②神易《しんえき》奴留《ぬる》湯《ゆ》神宮館《じんぐうかん》
③鴻池《こうのいけ》、住友、田辺屋、御出入口聞
④紀伊、備前、南部、津軽、松前藩、蔵屋敷御出入口聞
⑤その他、よろず談合引請《だんごうひきうけ》

つまり、剣客と易者と三百代言を兼ねたような男である。剣の方は、

「なアに、金です。免許状ぐらい、二十両も出しゃ、どこでも売ってくれますがな」

と、ぬけぬけとネタを割るような男だ。しかしそれさえ、真赤なウソだという説もある。剣は実力で奥義をきわめたくせに、剣術が強いというだけでは大坂の街は通らないから、それを金で買ったと言いふらす所に、それだけの金があるという信用がつ

くといった、手の込んだ詐略《さりやく》がひそんでいるというのである。易のほうも、剣と変らない。談合業のための、いわば恫喝手段《どうかつしゅだん》なのだった。

「あ、あんさんは死ぬ」

と言う。鴻池あたりの番頭がてこでも動かぬときは、眼の前でそういう卦《け》を立てるのだ。

「やっぱり、死ぬ卦が出ている。当分乾《いぬい》の方角の者と取引せんように気イつけんと、定命に障りまっせ」

さて、この奴留湯佐平次が、どこから出てきた男かは大坂の誰もが知らない。大和の長谷寺の寺侍あがりという説もあり、播州室津の廻船問屋の手代をしていたという説もある。しかしそんな詮索《せんさく》をする者もなかった。大坂という街の関心は、氏素姓《うじ》よりも、甲斐性であり、現に、佐平次は、弁口の才と愛嬌をもって、他人のふぐりをスルリと握る技術に長《た》けている。大坂財界はその技術を買うだけでよい。いつのまにか、諸藩の蔵屋敷に顔が出来、一方では、住友、鴻池、天王寺屋といった大商家に取入るようになっていた。

武士がえらいというのは、江戸や諸藩領内だけの話だ。大坂では違う。大名でさえ額面どおりには威張れなかった。現に、ある西国の大名が、大坂今橋の鴻池の家の前を通ったとき、わざわざ行列を止め、駕籠から降りて、鴻池の番頭に挨拶をしたという話があるほどである。万事、金がけじめの土地柄なのである。幕府をはじめ、全国の大小名で大坂の町人から金を借りていない家はなく、ひどいのになると、河内のある小藩は、藩ぐるみ鴻池の財政管理《かんり》になり、侍の俸禄は、もっぱら番頭の手で渡されていた。どの藩も、うっかり町人を怒らせると、借金の取立てがきびしくなり、事と次第によってはお家が潰《つぶ》れぬともかぎらない。自然、各藩の大坂出張所とでもいうべき蔵屋敷の役人たちは、取引先の町人の番頭、手代にいたるまで腫物《はれもの》にさわるように扱った。

ところが、田舎侍は、口がまずい。当然の必要から、町人と武士の橋渡しをする談合屋という稼業《しょうばい》が発生した。

奴留湯佐平次がそれだ。剣術がうまいから武士の間でも立てられる。算盤《そろばん》は、開平、開立の術までできるというから、町人の間でも尊敬された。それに、当時の処世学ともいうべき易学にも長じている。これだけの資格がそろって、しかも、佐平次ほどの愛嬌がなくてはかなわなかった。談合屋は、資本要らずの商売だけに非常な才能がいるものなのである。

さて、話をもとへ戻そう。番頭の長吉が入ってきたのである。付《つけ》まげをするほどに禿げているが、まだ四十年輩だろう。みるからにずるそうな男だった。

「へえ、何だす」

「ここに五十両ある」

「新鋳《しんぶき》だンな」

「これで、買うてきて貰いたいもンがある」

「仕入れだっか」

「いちいち賢《さか》しゅう先廻りすな。紙や。それもたった一枚の紙や。字イが、四下りほど書いてある」

「なるほど、骨董《こっとう》モン……」

「いや、仇討のゆるし状や」

「あっ。するっちゅうと、旦はんは、そのう、大石内蔵助……」

「馬鹿野郎。吉良上野介のほうや」

「討たれる役廻りだンな」

「返り討ということもある」

「なるほど――」

「感心している場合やない。相手は、まだ月代《さかやき》を剃ったばかりの青二才で、叩っ斬るのはいと易いが、斬れば斬ったで、奉行所も放っとくまいし、斬られた男の身寄りが、あとからあとから、ぞろぞろと仇呼ばわりして出てきよってはうるさい。一口に仇役というが、その身になってみるとそれほど面倒なもんでな。まあ、考えてもみい。赤穂義士《あこうぎし》はたった一人の老ぼれを殺すのに、四十七人も赤穂から出て来よったンや。しかし、何やな。何と考えても、殺された吉良上野介という奴は、も一つ甲斐性がないな。なんで、事前に大石内蔵助に金を摑まさんかったか」

「賄賂《わいろ》の名人やという割にはあきまへんな」

「そや。そこでわしは、若僧から仇討ゆるし状を買い取る」

「さすがは、才覚の佐平次といわれた旦はんや。それで、一体……」

「昔話か」

「どんな悪いこと仕《し》やはりましてん」

「阿呆《あほ》」

苦笑して、佐平次が語ったそもそもの話というのは、他愛もないことだった。

事の起りは、岡山の物産の桃であった。池田藩では藩財政の窮乏を救うために果物までを一時専売にしたことがあり、大坂天満《てんま》の赤物（果物）問屋津《つ》の国屋嘉兵衛《かへえ》に買取方を交渉した。衝に当ったのが、主税の兄である佐伯重右衛門でこの男はあまり融通がきかない。

「いや船おろしで一貫目が五十文。これ以下には絶対に負からんぞ。藩からきつくその値段を申しつけられておる」

「それは困りましたな」

津の国屋嘉兵衛は、いんぎんに、しかし明らかに鼻で笑って答えた。

「失礼ながら、お侍はんというのは欲ばっかりで、商《あきな》いの道は心得たはれしまへんな。その値なら、丹波や若狭《わかさ》ものが出廻ったシュン季《どき》なら小売値だすがな。金の桃を売るわけやあるまいし、備前ものなら、まあ踏んで三十五文……」

「三十五文。……ぶ、武士を愚弄《ぐろう》いたすか」

「阿呆らし、その値で、天満のどこの問屋に持ちこんでも、眼エむいてくれるだけで、金の包みはむいて呉れしまヘンでえ。まあ、折角だッけど、この話は止めときまほ。桃は備前だけやあらへんさかいな」

「な、何を申す。わが藩の桃をそう無体《むたい》に……」

「わからんお人やな。定七っどん。お帰りやでえ。お履物《はきもの》を門口へ向けときや」

とうとうこの話は、池田藩屋敷から奴留湯佐平次の所へもちこまれた。佐平次は大声で笑って、佐伯重右衛門へ耳打ちした。

「相手は何しろ果物。岡山から大坂の堂島川にくるまでに舟底腐りというものがござる。藩へは五十文と報告しておいて、あとで三分ノ一が腐ったと言えば、売上げ金にはさまで変りはござるまい」

佐平次は、武士には武士の言葉で言う。重右衛門は、佐平次の言い条、もっともだと思った。いつの世でも官僚は、帳尻《ちょうじり》さえ合っておれば満足なのである。佐平次は津の国屋へも足を運んで、三十五文を四十文にまで引上げさせ、その差額をゴッソリ懐《ふところ》へ入れた。

ところが、荷渡しも決済も終ってから、この不正が岡山の国許へ聞えたのである。佐伯重右衛門は早速招《よ》び還され、藩の勘定奉行や目付役から糺明をうけている最中に、奴留湯佐平次が、別の商用でふらりと岡山城下にやってきたからたまらない。重右衛門は、抜刀して佐平次の投宿している旅籠《はたご》へ乱入した。

「おのれの入れ智恵のおかげで、こういう仕儀《しぎ》になった。覚悟せよ」

「馬鹿野郎」

佐平次は、素手のままで引き外して、

「商いの道に刀を抜く奴があるか、これやさかい侍という奴は嫌いや。おのれの不敏を棚にあげて、すぐ刃物三昧《ざんまい》したがる」

「黙れ。こうもり侍」

二ノ太刀、三ノ太刀と斬りこんできたから、佐平次も相手の刀をとりあげ、思わず振りおろした。

「ほい、仕舞《しも》うた」

と頭を掻いた。重右衛門の首が畳の上に落ちていたのである。

かくて、佐伯家は改易。藩庁では、残された実弟主税に仇討免許状を与えて、もし首尾よく仇を討って帰った暁には、もとの禄高で召し抱えてやらぬこともないという仕儀になった。

佐平次は、番頭長吉に話し終ってから、自分の首筋をバシバシ叩いて、

「この首に、値エが付いている」

「大した値打モンだンな」

「二百五十石の首や。生きている分には、一年に四石の米を食うだけ能やが、胴から離れたが最後、二百五十石の値うちがつく。そういう商売が、仇討と言うもンや。相手が商売なら、こっちも商売や」

「それで、五十両だっか」

「まあ売るまい。五十両と二百五十石とでは、値が合わんようでな」

佐平次は、当てにもせぬような顔で、のんきそうに笑った。

三

道頓堀川の川風が、川上の若葉の匂いをのせて、たえまなく吹きこんでいる。ここは、「しる好」の二階の小座敷。甘い白味噌《しろみそ》のみそ汁が自慢の店で、酒の気はなく、下戸《げこ》には持ってこいの商談場所だった。いまで言えば、まあ喫茶店だろう。

「味噌汁、もう一ぱい頼むわ」

上ってきた小女に、そう言いつけたのは、道修町《どしようまち》の薬屋平野屋長兵衛の若い手代与七だった。与七は、差し向いの佐伯主税の顔へ箸《はし》を突きだして、

「あんさんも、お代りしやはりまッか」

「うん。わしは、こんどは蛤汁《はまぐりじる》にする」

「沢山《たんと》、食べとくなはれ。勘定はわたえが持たせて貰いさッかいな」

「世話になるな」

「なアに、これも商売のうちや。しかし、妙な風の吹きまわしだすなあ。仇討話が、商売の話になるやなんて。世の中は、何が金になるやらわからん」

「いや、間違って貰っては困る。これはあくまで相談だ。私が、佐平次の取引に応じると決めたわけではない。貴殿も、まさか親父の和田屋与兵衛どのの恨みを忘れたわけではあるまい。わしも、兄の無念は忘れておらぬ」

と言ったのは、実は、手代与七もまた、奴留湯佐平次に恨みを持つ身なのである。道修町でかなり手広く薬草問屋をやっていた与七の父和田屋与兵衛は、松前藩との取引のことで間に立った奴留湯佐平次のために一ぱい食わされ、店はたちまち倒産、それを苦にして与兵衛は、梁《はり》から縄をぶらさげて縊《くび》れ死《じ》にしてしまったのである。

「この仇は、必ず討て」

そんな遺言状を読んだのは、与七が平野屋長兵衛店の丁稚《でっち》に入ってからだった。若いくせに鼻が赤く、冬瓜面《とうがんづら》に薄あばたを散らした与七の顔は、真蒼になった。

（お父はんは、勝手なことを言わはる。自分が仕返し得《よ》う為《せ》なんだくせに、あの難物を息子に譲るとは何事や。わしは小さい時から包丁を見ても眼がクラクラするほどの怖わがりやいうことを、親として百も承知やのに、あんまり得手勝手すぎるやないか……）

痩せた小さな体を悲憤で慄わせたが、やがて、ハタと思い返した、まさか、刃物打物をとって佐平次に打懸れという意味ではあるまいと気付いたのである。これはきっと、佐平次を見返すような大商人になれという激励の意味やろと思った。与七は、何事も自分の都合のいいように解釈できる、仕合せな型の男のようだった。

その与七が、昨年の春、ひょっこり訪ねてきた佐伯主税に驚かされた。どこで聞いてきたのか、拙者と貴殿とは同じ仇を持つ身ゆえ、共同戦線を張ろうと言うのである。滅相もない、と与七は断った。

「武士が仇を討てば儲《もう》かるが、町人の仇討は、ただの人殺しやおまヘンか。そんな阿呆なこと、出来まッかいな」

与七は、鼻先で笑った。しかし、それだけでは愛想がないと思うたので、時折、相談にだけは乗ってやろうということで別れた。そんな与七でも、大坂に身寄りのない主税には頼りになるらしく、その後呼び出しては、何となく数度会っている。

今日、主税が呼び出した相談というのは、昨夜、谷町の黄表紙長屋《きびょうしながや》の主税の住《すま》いへ訪ねてきた奴留湯佐平次の番頭長吉と名乗る男の用件についてだった。

「つまり、五十両で免許状を買おうという話だンな」

「そうだ。むろん、私は売らないと答えてやった。しかし、こんなことを言って寄《よこ》すとは、佐平次は、ぼつぼつ怖気《おじけ》が付いたのであろうか」

「何を太平楽言うてなはる。あいつの体に毛エが何万本あるか知らんけど、怖毛ちゅうような毛はおまヘンで。ただ、鼻の頭にたかる蠅を追いたかっただけのことですやろ」

「私は、はえか」

「蜂なら刺しますがな、あんさんは、ただあいつの廻りをぶんぶん飛んでるただの羽虫や。なんぼでも機会があるのに、一向に刀を抜いて見得を切る気配もないさかいな」

「私は、腕を養っているのだ。そのために、毎日、天満の桐木道場に通って、血の出るような稽古をしている。一日も早く腕を作って、あいつの堂島の家に踏みこんでやる積りだ」

「あいつは強おまッせ。先年、あいつが大坂城代の青山越後守はんのまねきで、大坂《おし》城《ろ》の花見に参じていたときに、だれかが、さかなが足らん、と言いよった。あいつはじゅんさいなやつやから、拙者が調達仕ろうと抜かして、たちまち小束二本をとりだし、城の上を飛ぶすずめとつぐみを一羽ずつ射落しおったという噂や。すずめとつぐみが、それがあんさんとわてえやったら、サッパリやがな」

「それでは、どうせよと言うのだ」

「乗りなはれ」

「乗るとは？」

「佐平次の取引に。五十両は大安の無茶値やけど、そこは懸引《かけひき》次第で吊上げたらええ」

「断る。武士は金で勝負はせぬ。刀だ」

「ええ台辞《せりふ》や。そやけど、その刀でもあんさんは佐平次には勝てまへんねンで」

「しかし」

主税は、歌舞伎役者にでもなれそうな美しい顔を紅潮させて、

「二百五十石の知行を捨てられるか」

「うぷッ」

与七は、思わず噴きだした。

「やっぱり、それが本音やなあ。すると、武士というのも取引や。いっそ、すっぱり、取引だけで考えたら、どんなもんだす。武士武士というけれど、近頃は勤皇党の力が強うなって、武士の本家の将軍はんの屋台骨もゆらいでいるという時世やおまへンか。岡山みたいな田舎でこそ、武士の意地たらいうものも通るかも知れんが、大坂は損得の地柄や。岡山並みで考えてたら、道歩けまへんで」

「ふうむ。左様なものかな」

主税は、急に自信のなさそうな顔付をしたが、すぐきッと思い返し、

「断る。私は武士を通さねばならぬ。故郷では親戚一同が待っておる」

「短気は損気」

「断る」

「わてえに任しときなはれ」

「断ると申すのに」

「へへ。あほに付ける薬はおまへンな」

与七は、あきれて、さっさと勘定を済ますと、道修町へ帰ってしまった。

四

その後、主税の黄表紙長屋に、佐平次の番頭長吉が、三度も訪ねてきた。最初の五十両は、主税はニベもなく突き返したが、そんなことに閉口垂《へこた》れるような長吉ではない。第一、この男は、頭から仇討とは取引のことだと信じこんでいるらしく、五十両を断られたときも、

「ははア、安すぎまッか」

と言った。二度目に来たときは、

「五両奮発して、五十五両」

「いやだ」

「へえ、まだ、値が合いまへンか」

三度目に来たときは、指を出して、「一本」と言った。

「何だ、それは」

「百両だす」

「断る」

「なるほど。しかし、あんさんもここが考え所だッせ。まあ頭を使うてみなはれ。無事仇討を済ませたと仮定して、岡山の殿はんから貰える知行が旧知通りとして、二百五十石。しかし手取の扶持米《ふちまい》は年にざっと百石でッしゃろ。ところが岡山藩は、大坂の天王寺屋はんから金を借りている。藩の財政が窮迫して、利息も払えんという情けない状態や。そこで去年から天王寺屋はんが、岡山の殿はんに吩咐《いいつ》けて、藩士の知行を、当分半分借上げということにしたと聞いてます。半知とすれば、知行二百五十石の実収はわずか五十石。金にして百両や。一年に百両……」

「遊んでいても、年に百両は転がりこんでくる。はは、武士というのはいい商売だ」

主税は、ついうっかり、引きこまれて言ってしまった。土地柄というのは、おそろしい。平素思いもしなかった事を口走ってから、途端《とたん》に顔が恥しさのあまり真赤になり、照れかくしの積りだろう、刀を引きつけて、

「帰れ帰れ」

と怒鳴った。長吉番頭は冷笑して、

「まあ、落ちつきなはれ。あんたは、わてえなら斬れる。が、奴留湯佐平次は斬れまい。返り討で、バッサリ、そうなりゃ、パアやな」

「何がだ」

「あんたの命も、年百両の金も」

「わかるもんか。勝負は時の運だ」

「お若い」

長吉番頭は、機嫌をとるように主税の肩を叩いた。

「気色のわるい奴だな」

「運を賭《か》けるちゅうのは、商いの道やおまへん。あんさんは、失礼ながら、十中八九は斬られる。それよりも、たった今百両貰うて消えたほうが、上分別《じょうふんべつ》やないか」

「帰ってくれ」

「さよか、ほなら、また来まッさ」

　長吉は、雪駄をチャラチャラ言わせて、引上げて行った。主税は、ペッと三和土《たたき》に唾《つば》を吐いた。体中に蜘蛛の糸が、知らず知らずのうちに、巻きつけられて、払えば払うほど、べっとりと粘着力を増してからみついてくるようであった。主税は、この土地が空恐ろしくなってきた。奴留湯佐平次を仇にしているというよりも、大坂という土地全体を相手どっているというような気がしてきたのである。

　長吉が引上げた翌日のことであった。昼飯が済んで、ちゃぶ台を片付けていると、格子がガラリと開いて、高島田に朱珍《しゅちん》の帯を文庫結びにした船場風の娘が、輝くように立っていた。

「ごめんやす」

「どなたです。……あッ」

　主税は、思わず逃げ腰になった。お妙だった。あのとき以来、はじめて妙を見たのだが、その姿が、田舎者の主税には、狐狸妖怪のように見えた。怖ろしくなった。

「か、帰って下さい」

「そんなに嫌わんかてよろしやおまへんの」

「いいえ、帰って貰います」

「おかしなお人。世の中は、弱気では渡れぬものやそうです。兄がいつも、そう言います。まして、仇を持つ身ですやろ。そんなお気弱いことではどうしやはります」

「何だか妙だな」

主税は、思わず首をかしげた。仇の妹に説教されているのである。

「あがらして貰います。ね、よろしいでしょう?」

お妙は、可愛く島田をかしげたかとおもうと、スイと上りこんでしまった。坐るなり、主税に向って、「先日は失礼はんでござりました」深々と頭をさげ、顔をあげてから、

「でも、私は、主税はんが大好き。あんさんは?」

「困る。貴女は、私の兄の仇の妹ゆえ」

「ややこしい言い方でンな」

「しかし、その通りです」

「それやさかい、江戸や田舎の男はんは殺伐《さつばつ》やと言いますねん。大坂では、斬る斬られるの話は、男と女の心中以外にないこと。芝居のだしものでさえ、仇討は嫌がられます。西鶴はんや門左衛門はんも、心中話ばかり書いてお金儲けたはりました。……仇討なんて、大坂三郷では野暮の骨頂」

「何の用で来たのです。まさか、佐平次殿から、あいつと心中をしろ、と指金を受けてきたのでもないでしょう」

「あんなことを」

お妙は、ちょっぴり、主税を軽蔑したような顔付をして、

「大坂の男はんは、恋でなら死にまッせ。諸国の人から、大坂者はえげつないと言われながら、恋のためになら損得《そんとく》なしに死ねる心根を持ってます。田舎のお侍は、そうは行きまへんやろ。死ぬときは、必ず損得がつきます。お主《しゅう》のために死んだら、孫子に禄高がふえるてら、何てら言わはって」

「仇討もそうだというのですか」

「もちろん。ほんまに、汚い商法や」

「しかし、私は大坂の男ではない。岡山の田舎侍だ。田舎侍には田舎侍の作法がある。しかし、岡山の田舎侍に言わせたら、大坂の女は、貞操観念がなさすぎるな。貴女などは初めて会った私に体を……」

「ちがう」

お妙は、きっと眼をそばめ、白い歯をわずかに見せて、鼻先を切るように言った。

「私にとっては、あんさんが初めての男はんでしたンですえ。一度処女《むすめ》を弄上げた以

上は、将来あんさんとどのような事になろうとも、他の男はんに身を寄せるつもりはおまへん。それだけの覚悟をした上で、あのようなことをしたつもりですけど、あんさんに、そのお覚悟はおあり？」

「え？」

主税は、どきりとした。この娘は、公然と脅迫にやってきたのだ。

「い、いったい、貴女は、私をおどしに来たのですか。妻にしてくれとでも言いに来たのですか」

「それは、主税はんのお心まかせのこと。あんさんの妻《おなご》はんにして貰えようが、して貰えまいが、私は生涯あんさんに操を立て通します。これは私の勝手のこと。かめしまへんやろ？」

「はあ、それは御勝手ですが……」

言ってから、主税は頭を抱えこんで畳にすりつけたくなった。なんと、ややこしいことだ。もしこの脅迫に負けてこいつを妻にすれば、佐平次はどうなる。義兄ではないか。……主税は、狂気のごとく立ちあがって、叫んだ。

「帰ってくれ。こんな仇討があってよいものだろうか。みんなが私を愚弄しているのだ。それというのも、私が徒らに大事を踏んで、佐平次に果し状を送る日を伸ばしてきたからだ。――お妙さん」

主税は、睨みつけた。

「伝えるがよいぞ。明日未《ひつじ》の刻。場所は、難波村八坂神社東の空地。奉行所へは当方から知らせることにする。臆《おく》して刻限を違えるなと申しておくのだ」

「待った、待った」

言ったのは、お妙ではない。いつの間に入ってきたのか、長吉番頭が唐紙をカラリと開けて、

「それでは元も子も無うなる」

と応じた。

「思いきって三百両に値を上げまひょう。これが仕舞値だッせ。どや、三百両」

「たわけ！　二人とも消《う》せねば、平素祈念する摩利支天《まりしてん》の血贄《ちにえ》に斬り捨てるぞ。消《う》せろ」

主税は、さすが肚《はら》に据《す》えかねたのだろう、やにわに刀掛から、兄の形見の細身の長《おさ》船《ふね》の新刀をとりだすと、ぎらりと引き抜いた。単なる脅《おど》しではない証拠に、眼が狐憑《つ》きのように、据っていた。

五

千日前から南へくだると、もう一面の菜の花畑である。陽炎《かげろう》に滲んだ黄色い色調のなかに、わずかに鉄眼寺《てつげんじ》の黒い雄勁《ゆうけい》な構造が、春の摂津の野を引き締めていた。鉄眼寺の東側に素戔嗚尊《すさのおのみこと》を祀《まつ》った八坂神社の森があり、宮居の東の空地で、きょうの決闘が行われる。佐伯主税の住む谷町から急ぎ足で歩いても、難波の土橋まで、たっぷり半時間はかかった。

土橋まできたとき、一陣の風が、主税の古風な義経袴《よしつねばかま》のすそをひるがえした。汗ばんだ皮膚の毛穴まで浸み通るような快さだった。風が、かすかな香りをのせていた。ふとくるめくような花粉のにおいは、春の女神が主税に、生きる楽しさを教えているかのように思われた。おもえば、何も、主税の若さで死に急ぐことはないのである。いまからでも、逃げようと思えば逃げられぬことはない、……と、ふと臆病風が主税の心の片隅に吹き立ったとき、

「主税はん」

豆絞りの手拭を盗人かぶりにした町人が、橋の袂《たもと》からぬっと姿を現わした。

「おう、与七どの。助太刀に来てくれたのか。それとも、ともども仇討をするつもりで待っていてくれたのか。かたじけないぞ」

「阿呆らし」

「何が阿呆だ」

「いいえ、わてえは止めに来ましてンで。この橋を渡れば、向うは八坂神社の氏子村《うじこ》。渡るか渡らぬか、生死の瀬戸際《せとぎわ》や。考えてみなはれ、人間、生きていてこそ損も出来ます。病気にもなれる。貧乏も出来る。年とって中風になることも出来るわけや。死んで、何が出来まッかいな。短気な兄貴の失策のために、なんで弟が死なんならん。そんな命を粗末にするようなことでは、地獄へ行っても閻魔《えんま》はんに粗略に扱われまッせ」

「武士には、生死はなく武士道があるのみだ。退《ひ》いてもらおう。この場に至っての諫《いさ》めは、かえって縁起《えんぎ》がわるい。引っこまぬと叩き斬るぞ」

田舎そだちの悪い癖で、ああ言われると却って激昂してしまう主税だった。先程の弱気が与七の言葉で吹ッ飛んで、熱い血が体の深部から噴きあがってきた。懦夫《だふ》も激昂すると、勇者に劣らない。妙に頭痛がした。おそらく、生れてはじめて誕生した勇猛心が、体のなかを馳けめぐっているのだろう。

「なあに、町人まがいのコウモリ侍の一人や二人、何程のことがあろう」

ぱっと、与七を押しのけ、刀の鍔《つば》を親指で抑えてコジリを上げると、八坂神社の森をめざして勢いよく馳けだした。

八坂神社の森に近づいてから、主税は、遠眼に細めて、人影をさぐった。そしてふしぎそうに首をひねった。京橋の西町奉行所には、昨日の午後に届けておいたのに、奉行所から与力同心その他の人数が出役《しゆつやく》していそうにも見えなかったのである。竹矢来も組まれていないし、制札も立っていない。

空地に着いてみれば、いまから異常な出来事が始まるとも思えない、平和な春の日射しが、草いきれの上に青く照り映えていた。

「おう、主税か」

草むらの中から、ノッソリ出てきたのは奴留湯佐平次である。裾を尻からげにして毛ずねを出し、たった今までそこで草むしりをしていたと言っても通るのどかさであった。

「いかにも佐伯主税。汝は、兄重右衛門のかたき奴留湯佐平次よな」

「芝居のような挨拶をするな」

佐平次は、ニコニコ笑った。例の融けるような笑顔だ。その図々しい様子に、若い主税はカッとして、

「用意は出来たか。奉行所の検分役はどこにいる」

「居らん。金を摑ましておいたさかい、今日はみな、庭で植木いじりでもしとるやろ」

「そ、それでは仇討はどうなるのだ」

「奉行所の人間が来なんでも、お前《ま》はんとわしさえ居れば、出来る理屈や。矢来や制札を立てると人だかりがするしな。わしは晴れがましいことが嫌いや。昨日、折角お前はんが西町奉行所に馳けこんでくれたが、すぐあとでわしが行って、金であいつらの出足を絡めておいた、わるかったか」

「そ、それでもよいが、奉行所の出役がないのを幸い、まさかその辺りに助太刀の人数を伏せておるのではあるまいな」

「阿呆かい。奴留湯佐平次は、これでもすね一本で世を渡っておる男や。頼まれても妙な小細工はせんわい」

「それでは、兄の仇」

「おう」

「覚悟せい」

台辞こそ間が抜けていたが、キラリ、キラリと、二本の白刃が抜き放たれてみると、さすがにのんびりした難波村の春の景色も、急に凄愴な光を帯びた。互いに跳《と》びさがった間合《まあい》は四間。しかし、剣を構えた奴留湯佐平次の顔は、妙なことに平素よりも余計だらりとして間が抜けて見えた。逆に、主税は、一尺三寸の欛《つか》から水が滴るかと思うほど、左右の拳でしっかと握り絞っている。

主税は、自分の鋩子《ぼうし》を通して、佐平次の刀尖《きつさき》を見た。力なく下段へ垂れ、構えもでたらめで隙だらけだった。そう見止めると、主税は肚の底から躍りあがりたいような喜びがわいた。相手はまるで素人なのだ。——主税は左足で、力一杯跳躍した。

「やあ!」

剣をふりかぶって、たたたたと若駒の勢うように駈けこんでゆき、面を襲うとみせて、一瞬胴へ変化させ、寸前、構えを直してまっすぐに水月《すいげつ》へ突きを入れた。

「ヘッ」

そんな声を聞いた。たしかに突きを入れたが、佐平次はそこにいなかった。あッと辺りを見まわすと、なんと、

「ここやがな」

主税のうしろにいた。主税は、反射的に斬り下げたが、佐平次はわずかに退《さが》っただけでニコニコしている。さらに斬撃した。佐平次は腰をチョイとひねって退る。主税

は滅多やたらと斬りこんでゆくが、なんと彼の刀は、相手の刀尖《きっさき》にさえ触れえないのである。次第に、手に持った刀が、鉄棒のように重くなりはじめた。真剣勝負で、十度も刀を振ればへとへとになるものだ。主税は、ようやく眼が眩《くら》みはじめた。

決闘者は、こんなとき別の人格に変る。かれらが、生死を超克できるのはこうした生理状態のときなのである。主税は恐怖もわすれ、構えもわすれ、相手との間合もわすれた。意識朦朧《もうろう》の状態のままで、跳躍した。彼にすれば、勝負をきめる最後の攻撃のつもりだった。

ガチン

眼の前に火花が飛んで、鉄の焦げる匂いがかすかにただよった。

鼻の先に、触れんばかりにして、佐平次の珍妙な顔が出た。

二条の刃を通して、佐平次の顔がニヤリと笑っていた。主税がのぞくと、薄い唇がめくれあがって、馬の肛口《こうこう》のような色の歯齦《はぐき》が出ていた。歯齦の下に、汚い乱杭歯が、寸長くのびている。前歯の間に、今朝食ったらしいすぐきの葉の漬物が、唾に漂いながら引掛っていた。やがて、唇が動いて、歯と歯齦が見えかくれした。口が物を言いはじめたのである。

「どや、三百両で手エ打たんかい」

これには、主税もおどろいた。佐平次は、商いをするときと全く同じ表情で、やや卑屈に、やや愛想よく、ややずるそうに、交渉をはじめたのである。

「値エが合わんようなら、おまけを付けてもええ」

「おまけ、とは何だ」

思わず、主税も釣りこまれた。それほど、佐平次の口調は、至極、日常的だったのだ。

「妹の妙やがな」

「えッ」

「味はもう判ってるはずや。兄に似て風変りな気立ての女やが、体だけはわるくあるまい。女は当りもんでな、気だてか体か、どっちかがよければ、良しとせんならん」

「ば、ばかな！」

「まだ初心《うぶ》らしいな」

「何を申すか」

「怒るな。まあ、お前はんも、妙によって、人の生命の楽しさがわかったはずや。ちがうか。あは、顔があかなったがな」

「たわけたことを申すな。いまは仇討の真最中だぞ」

「困るのう。田舎者はこれでこまる。備前岡山では、仇討の最中に色話はいかんという法度《はつと》でもあるのかや」

「金の話もだ」

「そういう料簡《りようけん》やから、田舎者というのは、つまらん見栄で人を殺したり、命を捨てたりしよる。考えてもみい。色と慾とは人間の一番大事な裏道具やないか。それからみれば、仇討なんぞは、屁のようなたわけごとじゃ」

「言うな」

「わしは、人の世の大事を教えてやっている。ちイと、性根を入れて聴いてみる気になれんのかい」

そのとき、主税の耳に、草はらのまわりでざわめく声が聞えた。騒ぎをききつけて、弥次馬が取り巻きはじめたのだ。

「斬り合いや」

「どッちゃが悪者やろ」

「どッちゃかわからんが、何もこの好え天気の日に物騒なことせんでも良かりそうなもンや」

「食うに困っとンねやろ。銭金ずくで済むようなら、何も殺しあいしよるはずがない」

それを聴いたとたんに、主税はカッと血が頬にのぼった。会話の内容まで判ったわけではないがとにかく、人が見ているということに昂奮したのだ。武士の面目がある。幼いころから、人前で恥をかいてはならぬと教えこまれてきた主税は、ぱッと退《ひ》きさがるや、改めて「兄の仇奴留湯佐平次」と叫んだ。

むろん周囲に知って貰いたいがためだった。

「おのれ、覚悟せい」

まっこうから拝み打ちに斬りおろした。とたん、

「ド阿呆よ」

佐平次の苦笑の一声を聴いたのが最後だった。

逆胴にあざやかな峰打を入れられて、うむと悶絶してしまった。

六

阿呆よばわりされた上に、峰打まで食らっては主税も立つ瀬がなかった。左腰の皮下が内出血で腫れあがって、一月も寝込んでいるうちに、佐平次への怒りは次第に執

念となって、主税は相貌まで変ってしまった。頬が落ち、皮膚が青ずんできたのをみて、与七は、

「まるで廬山寺《ろざんじ》の追儺《ついな》の鬼だンなあ」

とわらった。

「鬼でもいいんだ。仇を討てばいいんだろう」

「討てまッかいな」

「討てる。先日、国許の伯父への手紙をやったから、いまごろは一門の会議を開いている筈だ」

「なんぞ良え手がおまッか」

「あるもないも、必要なのは人数なんだ。親族のうちで強そうなのを三人、それに家来中間まで入れて十人ばかりを集める」

「なるほどなあ。それだけ攻めのぼれば、大坂城でも落せまッしゃろ」

「有難う」

「しかし、奴留湯佐平次も忙しゅうなりまッしゃろな。こら大坂中の見物や。あいつが、十人もの人数をどう買収して廻りよるか」

「なに」

「ととと……」

「与七が帰ったあと、入れ違いに岡山からの飛脚がとびこんできて、親族一同諒承したという旨の、伯父からの幸便を届けてくれた。主税は躍りあがってよろこんだ。ところが、

「それ何の手紙？」

「えッ」

主税は驚いて顔をあげた。主税は、手紙に夢中になりすぎていた。つい気付かなかったのだが、いつのまにか、案内も乞わずにお妙が上りこんできて、後ろから覗きこんでいるのである。

「なんです、黙って」

むッと詰問したあと、主税はしみじみと情無くなった。これではまるで、仇の一家から監視されているようなものではないか。

「声をかけたけど、主税はんがあんまり夢中やから気付きはれへんかってンわ」

お妙は、独特のポーカーフェイスをした。嘘にきまっていた。

「帰って下さい」

「それがお情けを呉れはった男はんのことば？」

「頼むから帰ってくれ」

「可哀そうに」

「なぜだ」

「死んだ兄さんには、奥さまと女のお子はんがおましたやろ」

「よく知っているな」

「それがいま、親戚一同の寄せ扶持で食べさせて貰うたはる。伯父さん達は、雑用《ぞうよう》（経費）が要《い》ってかなわん上に、早う仇討して貰わんと世間体もわるい。きっとジリジリと焦ったはりまッしゃろ。それでこんど十人加勢が上坂《じょうはん》するということになった」

「読んだな」

「見えたもん、仕様あらへん」

「なぜ、可哀そうなのだ」

「あんさんが、田舎侍の見栄と欲の犠牲になったはるさかい。あたら、その若い身空でなあ」

「厭な声を出すな」

「もう止んぴ、固い話は。――それよりも」

「なんだ」

「——主税はん」

お妙は、大きな眼をクルリと動かして、左眼をつぶった。びっくりするほど可愛い顔になった。小娘のくせに、自分の可愛さを計算してその答まで出せる女なのだ。お妙は、主税の膝に倒れてきた。主税は、一度は避け、二度目は突き放したが、三度目には負けた。

七

みょうなことに、岡山からの加勢は、その後二月を経ても大坂の空の下に現われなかった。主税は焦って、催促状《さいそくじょう》を出したが、伯父からは、いま準備中ゆえ仇の様子を十分に監視しておくよう、との返事だけが来た。二度目に出した催促状には返事さえ来なかった。

業を煮やして、三度目には与七に岡山へ発って貰った。主税は、入用が嵩《かさ》んだ。旅費のほかに与七は日当をせがんだし、おまけに与七には休暇をとらせるために、彼の上の番頭にまで鼻薬を贈った。それほどまでにしたのに、与七の持って帰った伯父の返答はかんばしいものではなかった。

それどころではない、と伯父はいうのである。当時、幕府と勤皇諸藩との抗争はその極に達し、討幕の密勅が薩長にくだるなどして、ようやく天下の風雲が急を告げはじめていた。岡山藩でも、幕府につくにしろ薩長につくにしろ、藩の軍事力を拡充するのが急務とあって、洋式兵制を採用し、従来無収入の有閑階級であった藩士の次男坊以下を根こそぎに狩りあげて盛んに練兵しはじめていた。主税の加勢に予定されていた一門の若者たちは、城内の広場で段袋《だんぶくろ》を着せられ、毎日元込銃をかついで、馴れぬ訓練をさせられていた。仇討の応援どころではなかったのである。

「何ともかとも、剣もホロロの挨拶でおましてな。この火事場に何をしに来くさった、ちゅうような応対や。あんさんのことなど、国許《くにもと》ではすっかり忘れたはりまッせ」

与七は、主税の顔をみて、気の毒そうに言った。

「そうかな」

主税はしばらく腕を組んで考えていたが、やがて腕をほどいて、手を膝の上に置き、きっぱりと言った。

「一人でやる」

「えッ」

「人頼みしていた自分が悪かった。国許が多端な折柄、自分だけが仇討に出ているというだけでも贅沢といえる。幸い、近頃は腕にも自信がついた。捨身でゆけば、佐平次の一人ぐらい斬れぬことはあるまい」

「なるほど、侍というのはシブトイもんやなあ」

「妙な感心の仕方をするな」

「いや、見上げたもンや。ただ惜しむらくは、な」

「何かね」

「それだけのシブトサを、商いごとに向けたらどれだけ儲かるやろうと思いましてな」

その翌日から、佐伯主税は、毎日、奴留湯佐平次の身辺をつけねらった。

佐平次も容易に油断をせず、どこに泊るのか、堂島の家に帰ってくることも少くなった。あるとき、心斎橋の袂で佐平次の姿を発見し、宗右衛門町裏までつけて、細い路次の入口にある小さな茶屋の格子を開けようとしたとき、主税は兎のように駈けだして、

「おのれ、仇!」

腰車を払おうとした。ところが佐平次はスイと手許に飛びこみ、手刀で主税の左手を打って、刀をとりあげ、

「これは物騒やさかい、預っとくわ」

言うなり、主税の背をポンと押して、茶屋の格子の中に押しこみ、

「まあ酒でも飲んで行き」

と、自分だけはサッサと町角へ消えてしまった。茶屋の土間へよろめきこんだ主税の手をとったのは、長吉番頭であった。

「良う、おいでやす」

もともと佐平次が誘いこんだ筋書なのである。あれよあれよと言うまに現われた芸者七、八人に手足をとられ、座敷に据えられると、女将、仲居までの総出で、

「今夜は帰さしまへんで」

「この男はん、まるで勘平はんみたいやな」

「あて、好き」

などと口々に叫んで、どうせ佐平次の指金だろう、その実は女ばかりで肩や手足を押え、無理に唇をあけさせては酒を飲ませ、肴《さかな》を押しこんで、あげくの果ては主税を擒《とりこ》に芸者仲居のドンチャン騒ぎになってしまった。むろん、長吉番頭などは、とっく

である。

こんどは、主税がぶらついている所を、逆に後ろから佐平次がポンと肩を叩いたので
次に遇ったのは、二十一日のお大師さんの縁日で賑《にぎ》わう四天王寺の西門前だった。

の昔に姿を消していた。

「どや、五十両がとこ値上げするさかい、ええ加減に手エ打たんかい」

「あッ、佐平次」

「不足なら奮発《ふんぱつ》して四百両にしてもええ」

「おのれ、覚悟せい」

「聞き飽きた台辞やなあ」

佐平次はウンザリしたような顔をしたが、主税が人混みを構わずに刀を抜きかける
のを見て、このとき初めて顔色を変えた。

「あッ、ここでは他人様が怪我をするがな」

佐平次はいきなり自分の懐ろに手を突っこんで小粒、穴明銭などを掴み出すと、あ
たりの人混みに向って大声でどなった。

「さあさあ、今日は施餓鬼《せがき》や。掴み得の拾い得、早い者勝ちやぞう」

ぱっと、主税の足許に撒いたからたまらない。忽ち人間の大津波が主税の足許を襲

って、刀を抜くどころか、ついには足をすくわれて石畳の上に転がされ、その上から数十人の下駄や草履で踏みにじられて、あげくのはて、だれかが、

「こらいかん。侍が死による。踏まれて死にかけとる。助けたれ」

とわめいてくれなければ、一命を落したかもしれなかった。

まったく、ひどい仇討だった。これでは大坂中が主税の仇討を妨害しているとしか思えなかった。主税は十日ばかり傷養生で寝てから、再び堂島の奴留湯屋敷の周辺をうろつきに出たが、ある日、勝手口から長吉番頭が出てきて、シンから気の毒そうな顔をした。

「毎日、ご苦労はんだンなあ。そやけど、旦那はんは、ここ当分他行《たぎょう》だっせ。ちょっと商用で旅に出やはりましてん」

「旅に——？　いつ帰るのだ」

「さあな。早うて、一年だっか」

「な、なに。——一体、どこへ」

「行先？　そら言えまへんわ。へえ」

長吉番頭は、ペコリと頭をさげて、首をひっこめた。

半年経った。主税にすれば仇討に出てから三年目の春だった。しかし、天下は大き

く回転してしまっていた。佐幕派はまだ慶応の年号を使っているが、朝廷を押したてた薩長土肥の勢力は、明治と改元《かいげん》している。三月には官軍の大総督府が東海東山北陸の三道を追撃している先鋒総督に江戸攻撃の令を発し、四月には最後の徳川将軍慶喜は、死一等を減ぜられて水戸に幽閉《ゆうへい》され、維新政府は太政官以下の新官制を布《し》いた。

——奴留湯佐平次が大坂に帰ってきたのは、その頃だった。そうしたタイミングを十分に見計っていたのだろう。

「今日は」

早速、谷町の黄表紙長屋《きびょうしながや》に現われて、主税の家の格子をガタビシと開けた。事毎に意表に出る男だが、このときほど主税は驚いたことはない。

「あッ、かたき」

あわてて刀を取り、中段に構えたとたん、手許にとびこんだ佐平次が、ぱッと足をあげて主税を蹴り倒した。

「この亡者め。時代が変ったわい。岡山藩も、幕府も、二百五十石も紙クズになりはてた。これからはあきんどの世じゃ。刀を振りまわして仇討よばわりなんぞ仕やがると、官に人殺しで願いあげるぞ。しかし長いよしみじゃ。よしみついでに、わしの店の手代に使ってやるさかい、よう働くがええ。わしは横浜へ行っていろいろ様子を探ってきたが、これからはメリケン相手の商いが流行《はや》ると踏んだ。どうや、お妙と米国へ行って、ちイと遊んで来んかい」

「ひえッ」

主税は、情なさそうな顔をした。三年の苦労で得たのは、あのチャッカリ娘一人かと思うと、くたくたとその場に折り崩れてしまった。

法駕《ほうか》籠《ご》のご寮人《りょん》さん

一

「山崎さんが。——そう」

お婦以《ふい》は、急に明るい眼元になって言った。「じゃ、いつものように離れへお通し申しあげて。お料理の支度もね。ごま豆腐と、いつもの自然薯《じねんじょ》のお刺身《さしみ》がいいでしょう。あたしが作りますから、材料だけをね。……とにかく、このままじゃ何だし」

と、普段着のむなもとをちらりと見て、

「着更《きが》えてくるからね」

立ちあがろうとしたとき、障子の桟に手をついていた番頭の松じじいが、いたずらっぽく頭をかいた。「それが——」と、お婦以の白い顔を見あげて苦笑している。主従の呼吸がぴたりと合っていた。

「えらいことだす」

「なんのこと？」

「山崎はんだけやおまへん。ほとんど同時に三岡《みつおか》はんも店先へ入って来やはりましてん」

「ふうん」

お婦以は松じじいの顔を見おろして、どうしよう、という表情をした。先代から仕えている松じじいとしては、女あるじから頼りにされて相談をうけるのが一番幸福なときなのだ。ほたほたと胸をたたきながら、

「なあに、心配いりまへん。こっちゃア、駕籠と口入れが稼業の法駕籠《ほうかご》や。新選組も天朝方も商いの前にはひと色や。ご寮人《りょん》はんと色事づきあいがあるわけでなし、山崎はんも三岡はんも、まんざら、店先で無茶な斬りあいは、しやはらしまへんやろ」

「そうですね」

お婦以は形のいい下唇をまるめて思案する様子だったが、やっと決心したように、もう一度「そうですね。お二人とも御同席して頂きましょう」と答えた。

天満《てんま》の「法駕籠」といえば、大坂でも名の知れた店なのである。あるじのお婦以は、もとを正せば大坂育ちではない。この土地にきて七年目になるのだが、いまだに江戸の歯切れがぬけないのである。法駕籠には子がなかったために、江戸の親戚から夫婦養子でこの店のあとをとった。五年目に養父母が相次いで死に、六年目に夫が死

んだ。

「あたしに、店がやれるかしら」

「なあに、わしがついていまンがな」

　言ってくれたのは、松じじいであった。この男は、口入れ屋の番頭らしく若いころは無慈悲《むげつしよ》の松とよばれて鉄火場にも出入りしたこともあるし、人を刃傷して旅草鞋《わらじ》の味も知っている。荒らくれ男の抑えもきき、並外《なみはず》れて無慾なうえに、お婦以に対して、主人というよりも、まるで孫娘のような愛情をもっている男だった。ただ難をいえば、人間に対する関心がありすぎるのである。この土地の言葉でいえば、〝構《かま》い屋はん〟だった。

「女盛りや。ご寮人はんにも、男友達がないとさびしいやろ」

　そんな気まで利かす男なのである。「べつに寝間にまで引きこめとは言いまへん。なんぼ後家《ごけ》はんでも、話友達の一人や二人あってもええもんや。——もっとも、男と女子《おなご》のコッちゃさかいな。どこでどないなるか、生駒の聖天はんでも、将来《さき》の卦《け》はわからん。まあでけてもええやろ。でけてもええが、おかしな男に入りこまれて法駕籠の店がめちゃくちゃになるのもこまるさかい、話友達はわしが見立てたろ。それにはな、侍がよろしおま」

侍がよろしおま、と松じじいが考えたのは、法駕籠が普通の商家ではなく、荒らくれ男を何人も土間に飼っているおとこ稼業だったからである。万一お婦以と結ばれて店の旦那に直っても、得体のしれぬ町人よりはましだろうと思案したのだ。

「三岡八郎はんは、どないでっしゃろ」

「松さんにおまかせします」

お婦以は笑った。

三岡八郎は福井藩士で、年はお婦以より二つばかり下だが、細面ての白い顔がいつも眠っているように表情がなかったから、年よりははるかに老けてみえた。三岡八郎の名は諸国の勤皇の志士のあいだで知られている。剣客や論客としてではなく、侍にはめずらしく経理の才があったからだ。

「由利《ゆり》はんがいなんだら、維新の大業は十日は遅れていもした」

というのは、後に西郷南洲が彼にあたえた賛辞だった。由利公正《ゆりきみまさ》というのは、三岡八郎が維新後に改めた名で、晩年にはその功績によって子爵になった。幕末の京都を中心に勤皇倒幕の地下工作をやっている各藩の志士たちが、運動資金につまると、三岡を動かした。

「そうですか。三日待ってください」

どんな大きな金でも、三日待てばちゃんと調達してくるのである。京から大坂へは往復二十六里。行きは船に乗っても往復二日はかかる。中の一日は大坂で一泊して、天満《てんま》や船場《せんば》の豪商の店をまわり、懇意の主人や番頭に会っては理をつくして、三岡は説くのだ。

「決して損にはなりませんぞ」

八郎の論法はいつもこうだった。「やがて幕府は倒れるでしょう。そうなれば、あなた達がいま幕府に納めている運上金も、うんと安くなるはずだ。京の天朝様はいまは力はないが、幕府のなくなったあとの日本国の大旦那におなりになる。天朝の相場はだれがみても上げ潮にさしかかっている。いま買えば、それだけの利が後になって還ってくるのは、自明のことだ。やすいものではないか。私は、みんなの為を思えばこそ、こうして借りにきてあげているのです。恩に着てもらわないとこまる」

「なるほど」

と、七むずかしい尊皇倒幕論などで説くよりも、大坂の商人には、天下の動きを相場に置きかえて解説してやるほうがよく耳に入るのである。

三岡八郎は、大坂までは単身で来るが、いつも天満の法駕籠で臨時の供廻りをやとう。日傭いながらも供に中間の衣装を着させ、挟箱《はさみばこ》のひとつも担《かつ》がせれば、商家へのコケおどしは十分にきく。それだけでなく、法駕籠の店は三岡八郎にとって、経済調査の役にも立った。自分が訪問しようとしている店がどのような景気かは、法駕籠のような稼業からみると実によくわかるのだ。お婦以と松じじいは、きかれるままに丁寧に答えてやっていたが、三岡はいつもひどく感謝して、

「あなた方のおかげで、私の経済知識は諸藩の士から不当なまでに高く買われている。まったくありがたいことです」

「なあに、わしらはこんな口入れ稼業をしているおかげで、得意先の荷入れ荷さばきの状態や、繁昌のうわさなどが耳に入りやすいだけのこッてすがな」

「それがありがたいのだ」

そういう三岡八郎を、松じじいはお婦以の話相手にえらんだわけなのである。

「三岡はん。じつは商売気のはなれた話だんねけど、うちのご寮人さんのこッちゃ。女手ひとつでこれだけの大店をきりまわしたはるわけやけども、ときに淋しそうな顔をしやはる。ひっきょう、話相手がないからやろうと思いましてな。どうだすやろ。大坂へおいでのときは、いつも、うちでゆっくりご寮人さんの手料理でも食べてくださるわけにはいきまへんか」

「ねがってもないことだ。しかし、侍とても男にはかわりがないぞ。あのように美し

い御寮人と差しむかいで話をしていると、いつ邪《よこしま》な心がきざさぬともかぎらない。そのときはどうしよう」

「大事ない。そのために、わしという年寄がついていまんがな。めったなことはさせまへんでえ」

「それは存外面白味がすくないな」

八郎は、柄にもなく冗談めかして笑った。松じじいは笑わず、「そのかわり、この法駕籠の店には代々法隆寺料理というものが伝わっている。万金をだしても、お茶屋（料理屋）などで食えるものではない。ご寮人さんに手出しをされてはこまるが、舌の福だけはたんのうしてもらえるはずや」と言った。

法駕籠の店の祖は、大和国斑鳩村《やまとのくにいかるがむら》の字法隆寺から出てきたという。

余談だが、法隆寺には、聖徳太子のころにシナから渡ってきた精進料理が伝わっている。ひとくちに精進料理といっても、高野山のそれは弘法大師の留学当時の中華料理であり、いまでも有名な黄檗山万福寺《おうばくさんまんぷくじ》（京都府宇治）の精進料理は、徳川初期にやってきた明僧隠元《みんそういんげん》がつたえたものだから、こんにちの中華料理にもっとも近い。法隆寺のそれは、日本で保存されている中華料理の最古のものなのである。

第一回目の馳走をふるまったとき、お婦以は心配そうに三岡にたずねた。

「お味はいかがでしょうか」

「いや、珍味。思いもかけぬ法楽でござる」

といつも真面目くさっている三岡八郎が、袴や胸元に食べこぼしを作るほどによろこんで箸を動かした。それをみながら、松じじいはヒョイと思案したのである。お婦以の話友達が三岡ひとりきりでは、あぶない――。

（二人でないといかん。一人ではご寮人さんが惚れてノメリこんでしまうおそれがある）

松じじいは、さっそくお婦以と相談した。

「もうひとり、山崎はんを入れては、どうですやろ」

「まあ。山崎烝《やまざきすすむ》様といえば、あの方は新選組の、しかも副長助勤ではありませんか。いくらなんでも、勤皇派の三岡様と……」

「だいじょうぶや」

松じじいは、顔にたかるハエを追いながら「新選組副長助勤山崎烝といえばていはええが、もとをただせば高麗橋の紅壁堂《あかかべどう》というハリ医のせがれだっせ。棒ぎれをふりまわして遊んどったガキのころからわしは知っている。侍になりたいばっかりに、京へ行って新選組に入りよったンや。タカあ知れてまンがな」

松じじいは、ちぎって捨てるように言うのだが、お婦以はかぶりをふって、

「だけど、あの人はなんだかこわい。なぜこわいのか、よくわからないけど」

「まあ、まかしときなはれ。どうせ紅壁堂の小せがれや」

こうして、新選組の山崎烝も、法駕籠の法隆寺料理の客のひとりになった。

山崎烝は大坂町人のあがりとはいえ、剣は北辰一刀流の免許もちで、池田屋の斬込みのときは、

「ホイ、浮浪の者よ。アハ、浮浪の者よ」

といちいち妙な掛声をかけながら、三人の勤皇浪士を水もたまらずに斬りすてまわった男である。

大坂の商家の事情に通じているところから、隊務はおもに大坂の金持から隊費を調《ちょう》達《たつ》することだった。その点では、立場はちがうが三岡八郎の仕事と似ている。

「副長助勤山崎烝君、本日より大坂出張を命ず」

こういう掲示が、ほとんど月に二度は屯所《とんしょ》の廊下に貼《は》られていた。隊士のなかには
「山崎助勤には大坂の商人がついているからかなわない。新選組でも剣術だけではどうにもならないものだ。ああいう芸がなければ、山崎も助勤にまで出世はできなかったろう」と、そねみ半分に感心する者もあった。

山崎も、三岡八郎と同様、淀川堤をはなれて天満につくと、法駕籠の店へたち寄って、賃借りの供廻りをやとうのである。それだけではない。目当てにしている富商の景気や内情をお婦以と松じじいから聴きとる点でも、三岡と似ている。

「ほうか。泉屋の実権はいまは二番番頭がにぎっているというわけやな。そいつの妾宅は天王寺村にあるというのか。すこし遠いな。しかしゆっくり腹の中を割らせるには、妾宅を襲うのがいちばんやろ」

そんな調子である。

「おい、留《とめ》やん」

松じじいは、山崎はんとも助勤さまともよばない。相手の町人名であった留右衛門の名でよんでいた。「せっかくのお得意なんやさかいな、ご寮人さんとも相談して、留やんが大坂へくるたびに、うちで法隆寺料理でも食うてもらおうと思うねやが、どやろ」

「済まんな。拙者は酒のまんさかい、食いものには目《めえ》があらへんねや」

話ができた。ところが、その法隆寺料理の席を三岡、山崎の双方とも何度か重ねているうちに、なんと二人が店先でかちあってしまったのだ。

冒頭《ぼうとう》のくだりが、それなのである。

二

山崎が年上だから、上座にすわらされた。床柱をはさんで、三岡がならぶ。黒塗りのお膳がはこびこまれて、お婦以が静かに銚子をとりあげた。

「どうぞ」

「待て」

山崎烝が太い眉をひそめて、お婦以のうしろに控えている松じじいの方へあごをあげた。

「どなたや。拙者の横にいる御仁は」

「あんさんとご同業だすがな」

「ご同業？」

こんどは三岡のほうが眉をひそめて、じろりと、上座の山崎を見た。

その双方を見くらべて、松じじいは満足そうにニヤリと歯をむき、口早やに、一方が越前福井藩きっての勤皇家であり、一方が京では泣く子もだまる新選組の副長助勤であると打ちあけると、気のみじかい山崎がとびあがって、

「お、おのれ、はかりくさったな！」

と、気ぜわしく刀の鯉口を切った。

「計る？　烏滸《おこ》な」

松じじいはクンと鼻を鳴らし、

「どこの世界に、わざわざ人を招んでご馳走をするのに策略をめぐらす阿呆がある。こっち側《がわ》あ、駕籠屋や。得意先がみぶろであろうと天朝方であろうと、知ったことやあらへん。まあ仲良うご寮人さんの作った法隆寺料理でも食うてくれ、というだけの魂胆や」

「私はこまる」

三岡八郎が、白い顔をあげて言った。

「拙者も不承知や。かかる浮浪の者と大坂の某家の一室で会合したとあっては隊でどのような疑いをうけるかもしれんわい」

「三岡はんは浮浪の者やあらへん。れっきとした越前福井の松平はんの家中やがな」

「幕府からみれば不逞《ふてい》の徒にかわりはない」

「ほざけ」

松じじいは腹がたってきたらしい。「幕府やの、天朝やのとぬかして、ありようは、おまはんらの仕事は大坂へきて金もろうて歩くことが眼目《めあて》やないか。おたがいの敵は大坂の金持や。幕府と天朝から金をとられる大坂の町人こそええ面の皮やが。おまはんらは、まあ言えば同業の味方同士やないか。同業同士は仲良うしたほうがトクや。双方一緒になって大坂の店々の景気や内情をしらべあい、無駄無《の》うたちまわったほうが、なんぼ率がええかわからん」

「それは妙案かもしれないな」

三岡八郎がしばらく考えて、ポツリと言った。「すくなくとも、この法駕籠の店では、われわれはいがみあうべきではないと思うが。新選組の方、どう思われる」

「ふむ」

山崎は、濃い髭面のくびをかしげた。その顔を見つめながら、三岡が語を継いだ。

「私のほうも、あなたとこういう場所で密会していると知れれば、京の血の気の多い同志が私をどういうかもわからない。しかし一度会合してしまったという事実は、もう動かしがたい。これが洩れれば、あなたも局長の近藤どのからきっと処置されるだろう。よく行って切腹、おそらくは打首だ」

「打首、か」

山崎は、正直にくびをすくめて、三岡の顔を見た。その眼には、さきほどの虚勢はすっかり消えて、おたがいに共同の運命を背負いこんでしまった者の奇妙に親しげな光が宿っていた。三岡は言った。

「一度会合すれば、十度会合しても同じだ。松どのが言われるように、われわれはときどき店《ここ》で話しあって、もっと大坂の事情に明るくなるほうが、おたがいの仕事のためにいいかもしれない」

「えらいことになった」

山崎は、いかつい肩を落して言った。「しかしもう後悔しても始まらん。拙者《わい》がとるべき道は、この三岡どのをこの場で討ちはたして身の潔白を明かすか、それともこの秘密をこの場の四人の者だけのものにして、永久に口をぬぐうかだけや。せやが、いくら拙者がみぶろでも、ここまで肚をうちわった席で人ごろしはでけん。――まあ知らん顔するのが上策かいなあ」

「それがよろしゅうございましょう。この店のこの間にだけは天下の風は吹かぬことにして」

とお婦以が口を出した。

「しかし、隊の内部のことだけは言わへんぞ」

「当然だ。われわれは互いに妙なさぐりを入れて間者の真似をすることだけはよそう。金の話だけをすればよい」

「話はでけた」

松じじいがひざを打ち「ご寮人さん、こうして裸になってみれば、お二人とも立派な男衆ばかりや。このうちのどっちでもええさかい、ご寮人さんのお婿にほしおまンなあ。ホイ、赤うならはった」

「お酒のせいです」

「べつに、まだ飲んだはらしまへんがな」

「お燗《かん》をしたり、お注《つ》ぎしたりして、つい匂いが……」

「へえ、匂いだけで」

と、松じじいはお婦以の顔をのぞきこんで、「なんとご寮人さんは便利やなあ。匂いだけで酔うくらいなら、男も抱かれてみんかて、そのう」

「松さん」

お婦以はふりかえって睨んだ。「すこし言葉がすぎますよ」

「へえ」

松じじいはたちまち小さくなって、里芋のような頭を掻いた。

三

こんな会合が、数度つづいた。新選組助勤山崎烝は、相変らず、諸国から京へ入りこんでくる諸藩の脱藩浪士を斬ったり追いまわしたり、殺伐な毎日を送っているようだったが、お婦以の家にきたときだけは、そんな気ぶりもみせなかった。

「ここはええ。気楽や」

山崎が言った。お婦以が、

「まあ、どうしてでしょう」

「京にいるときみたいに、堅苦しい侍言葉を使わんで済む。ところで、三岡はんは元気かいな。このところ会わんなあ」

「奥で、ひと足お先きに召しあがっていらっしゃいます」

「そら、なつかしい」

三岡は奥の間で松じじいを相手に飲んでいたが、入ってきた山崎の顔をみると、わざわざ座を立って横へ招じ、

「いよいよ世の中も押し詰まってきましたな」

と言った。政治の話は鬼門のはずだったのだが、そういう窮屈な約束事の垣が消えてしまうまでに、ふたりの親密の度合がすすんでいたのだろう。山崎は、大きな図体をふるわせるようにして、

「ちかごろは、毎日、日が暮れるとたまらん。ああ今日も無事に命があったかと思うようになったわい」

「それが本当の武士の生活なのだ」

「武士。わいがかい」

山崎はうれしそうに反覆《はんぷく》して、「そうかいな。もともとわいは町人やけどな」

「本職の武士は、三百年の泰平のおかげで腐りきっているのだ、幕府が養ってきた旗本八万騎は、天下に倒幕運動が燃えあがっても昼寝の夢をさまそうとはしない。武をもって天下に君臨してきた徳川家が、いよいよ土壇場になって頼りになるのはあなた達だけというのは、なんと皮肉だろう」

「そういえば、局長の近藤はんにしても、もとを正せば武州上石原の百姓の子や。副長の土方歳三氏は、江戸の町を流していた薬売りやし、若党や左官のあがりまでいる」

「まるで、商売往来やな」

と松じじいが吹きだして、「それにしても、旗本は何というがしんたれや。三百年の飯米の食い逃げやないか。旗本が働かんさかい、百姓や薬売りやハリ医が頼まれもせんのに、赤の他人の徳川はんのために大汗をかいて働きよる。妙な世の中やな」

「いっそ、そんなあぶないご商売をおやめになったら？」

お婦以が、山崎の大きな眼をみつめ、ちょっと強い声で言った。山崎は顔をあげて、びっくりしたような表情になった。

「やめるう？」

そういう立ち入ったことを、つつましいお婦以が言うとは意外だったらしい。おどろいた山崎の髭面《ひげづら》に、意外にもまだわらべのにおいが残っている。声が大きすぎたらしく、一座の人達は息をとめた。

「なぜ、そんなことを言われるのです」

山崎は、侍言葉の切り口上で言った。お婦以は、はッとした表情でしばらく黙っていたが、やがて、

「ただ、そう思っただけです。お怪我でもなさっては、と思ったのです。お気にさわられたとしたら、申しわけがございません」

「そういうことは、親兄弟夫婦のあいだでもつつしむべきことなのだ。男が志して、

命を張っている道や。親兄弟夫婦でさえない市井《しせい》の婦女の口出しすべきことやない」

「申しわけございません」

お婦以は、きちんとした姿勢で言った。瞬《また》きをしない眼から、涙が落ちた。

「これはいかん。泣かせたか」

「泣いてはおりません」

「では、怒ったのかな。どっちにしてもかんにんしておくれ。すこし、声が大きかった」

「ずいぶん、お心の強いお方だと思いました」

「いや、それは」

と山崎は手をふって、一座のほうへ甘えるような微苦笑をうかべながら、

「わしの泣き所なのだ。そこをお婦以はんが触ったもんやから、つい……」

なんとなくごまかすように大きな掌《て》で顔をなで、

「じつをいえば、新選組《みぶろ》に入ったことは、わし自身後悔している。一ぺん侍になってみたい、と思うた。元亀天正の世では、百姓の子でも大名になることができた。いまの世は、何百年に一度しか来ん好機やと思うた。しかし、どうやら思いちがいだったらしいな」

「どうしてです」

お婦以がいった。

「徳川はほろぶ。旗本ばかりか、譜代大名でさえ、どこまで幕府と心中だてする気があるのか、本心はわからん。考えてもみい、徳川の天下は、いまや百名そこそこの新選組が支えとるようなもんや。火事場で、家の者が逃げ散ってしもうたのに、赤の他人が入ってきて、命がけで先祖の位牌をもちだしてやっている。そういう自分の立場のおかしさはわかっているつもりや」

「だから、私があゝ申しあげましたのに」

「いや、それとこれとは別や。自分の立場を滑稽にも思い、後悔もしているが、かといって、逃げる気はない。これが自分のえらんだ道なのだ。終末がわかっていても、つき進むのが男というもんや。それだけに、傷をさわられるのが痛い。おもわず飛びあがってしまった」

「あやまります」

「良《え》え。良《え》え。ご馳走招んでもろて、大きな声でどなるのは、こっちがわるい。さあ、ひとつお詫びついでに、陽気に踊ろうか。わしが、座頭おどりというのをやってみよう。これは前の商売のときに見習うたものでな、ごぞんじのとおり、ハリ医には盲人《めしい》が多い。その盲人が、同業の寄合があるときはかならずやりよる。踊りには唄がつく。三味はいらん。わしが、かつ踊りかつ唄おう」

山崎は座敷の真中に出て、袴をとり、松じじいから手拭をかりて、ひょいと頬にかぶると、

「ええか、踊るぞ」

座頭座頭と言やるけれど
好いて好んでわしゃ成らぬ
生れついたが因果の盲い
だれに苦情もないわいな

座頭座頭と言やるけれど
座頭のわしにどこ好うて惚れた
物はみえぬが誠心《まこと》がみえる
誠ごころに惚れたわな

踊りおわって、袴をひろうと、山崎はお婦以のほうをむいて、太々と笑いかけ、

「これさ。座頭ではないが、わしも、生れついたが因果の気象、という奴《やゝ》ッちゃ。仕様がないわさ」

お婦以は、返事をしなかった。返事をするかわりにそっと顔をふせた。

四

「ご寮人さんは、水くさいお人だンな」

ある日、松じじいが言った。口が尖っているのは、よほど日頃の不満が鬱積《うっせき》しているのだろう。

「なるほど、わては、かまいだす。若いときは無慈悲松《むげつしょまつ》といわれて、ずいぶん無茶をやったもんやが、年が寄ってから、それがかまい松になってしもうた。わしのたった一つの楽しみはな、ご寮人さんのお世話を焼くということだす。焼きとうて焼きとうてたまらん、というのがわしのゴウ（業）だすな。勿体ないながら、ご寮人さんを、わしの娘か、孫娘のように思われてならん。ひょっとすると、これは恋やろか」

お婦以は、急に噴きだして、袖口で口をおさえた。眼の前で鉄びんがたぎってい

る。それを右の袖口でとりあげて、急須《きゅうす》に傾むけながら、

「そんなことより、お茶はいかが？」

「ゴウの肉の厚いお方やな」

「なんのこと？」

「あんたはんのこッちゃ。容易に本心を言わんお方のことを言いますねン」

「まあ、こわい。本心を隠してるなんて」

「留やんのことやがな」

「山崎さん。そうね。ちかごろお見えにならないけど、どうしていらッしゃるかしら」

「へへ、役者にしたいような台辞《せりふ》や。留やんをお好きだすやろ」

「そんなこと」

お婦以は、湯気のむこうでしらじらと微笑《わら》ってみせて、

「あたりまえじゃありませんか。うちの大事なお客様ですもの。さあ、お茶を召上れ」

「へえ、おおきに。ああ、良う煎《はい》っとる。しかしご寮人さん。ふしぎなもんだンな。酒の飲みかたにも、怒り上戸や泣き上戸、喋り上戸、ひとり上戸、さわぎ上戸、ちゅ

うように人によって千差万別やが、恋の道もそのとおりだんな」

「なぜ？」

「恋に酔うと、さわぎ上戸になる者もいる。人に言わずにおられん性質《たち》や。それとは反対に、ひとり上戸になるお人もいる。だれにも言わず、自分の心の奥にだけ蔵うといて、恋が進めば進むほど、他人にはいよいよ白けきった様子をみせるお人や」

「そんな恋もあるの」

「おます、な。そら、恋をしているのは男と女たった二人きりの事や。なにも商牌《かんばん》に書いて近所隣りに披露《ひろ》めにまわらんでもええが、それにしても、なんど悪いことしているように黙ってるのもいかん。愛嬌がない」

「もう一つ、いかが」

「よろし。ご寮人はん。なにもわしにまで隠さんでもよろしおますがな。じつは、うちの小僧のなかで、わしに注進してきよったやつがいる。そいつには、銭百文にぎらせて、ぜったい口外したらあかん、と口止めしておいたが、こいつは、ご寮人さんと山崎はんとが、生国魂《いくたまはん》神社の蓮ノ池のそばの出逢茶屋に入らはるところを見た、というのや。そら、わしは構めしまへんで。構わんどころか、恋はいのちある者の花やと思うている。ご寮人さんのような江戸者は、恋は密か事やと思うているかもしれんが、大坂者は、人に愧じるもんやないと思うている。それを、わしにまで黙っていやはるとはなさけない」

「だって、そんな事実がないんですもの」

「生国魂神社の……」

「行ったこともありません」

「本当《ほんま》だッかいな」

「ええ、ほんとう」

「なんと、心のおきついお方や。わしは恋は大きにええと思うが、相手が山崎はんというのが気にくわん。あれは、死神につかれたやくざもんや。人を斬って立身しようと思う者は、やがて自分も斬られる。死んでは、このお店の旦那にはなってもらえん。行末、かんばしい恋やおまへんで」

「こまったわ。そんな事実はないんだけど。もしあれば、松さんのいうとおり、気をつけます。それでいいでしょう。もう、かんにんしてね」

「かんにんするも、しないも、わしはいつもご寮人さんの味方だすがな。ご寮人さんが判官《ほうがん》（義経）なら、わしは弁慶や」

「まあ、強そうね」

「しかし、わしも今日という今日は、ご寮人さんのシンの強いのには参ってしもうた。そういうおなごはんにかぎって、二人っきりになったお寝間《ねま》では、いこうきついと言いまッせ。あ、悪るおましたか」

「いいえ」

お婦以は、無理に微笑った。なにを思いだしたのか、白い顔が襟もとから真赤に染まったのだ。そのとき、手代の庄吉が入ってきて、

「番頭はん、三岡はんがお見えでッけど」

「ああ、いつものお部屋にな」

松じじいが部屋に入ってゆくと、三岡はふだんより緊張した面持で、

「しばらくだった。いよいよ天下が動きはじめた。戦さがはじまるんだ」

「へえ、どこで」

「おそらく、鳥羽か伏見か。幕軍と大規模な衝突になるだろう。ながい苦労だったが、いま天下は大きく廻ろうとしている。おれは、官軍の参謀になった」

「そのお別れに来やはったンだッか」

「いや、おれは戦さには出ない」

「参謀が？」

「じつをいえばな、これだけの大戦さはじめようとするときに、官軍には金がない。槍刀は、なんとか各藩の自前で持ってくるが、何万人もの兵糧代や硝薬代、舶来《はくらい》の鉄砲の購入代、これらの金の出所がない。もっと極端にいえば、兵隊のワラジのはきかえ分の金さえない」

「薩摩や長州が出すのとちがいまッか」

「冗談じゃない、大藩といえども、自藩の部隊を整えるのが精一ぱいで、他の貧乏藩の兵の制服をこしらえてやったり、銃器を統一したりする金までないよ」

「なるほどなあ。すると、金がないと戦さがでけへんわけかいな」

「西郷さんも、それで弱っている。戦術を考えたりするのは寝ころんでいてもできるが、生きた兵隊を動かすとなると、金だ。金を作る参謀が要るわけだ。そこで、私は当分大坂で滞在する。ついては、この法駕籠を宿にさせてくれないか」

「どうぞ」

途中で入ってきたお婦以が言った。

「どの部屋でも、存分にお使いなさいまし」

「松番頭はん」

また手代の庄吉が入ってきて、耳うちをした。山崎烝もきたというのである。松じ

じいは、あわてて店へ出ると、山崎は手にもった馬の鞭で足ごしらえを、バシバシ叩きながら、

「ざんねんだが、このとおりだ。あがれない。屯営から馬で駈けつけて、また引きかえす。ちょっとだけでも、お別れと、ながいあいだ世話になったお礼に、と思うてな、やってきた」

「戦さ、だンな」

「まあそうなるだろう。思うぞんぶん、あばれてやろうと思うねや。松じじも達者でな」

「ちょうど、いま奥に……」

「あ。居るか」

「三岡はんが来たはります」

松じじいも人がわるい。お婦以の名前を出すかわりに、三岡のことを言った。山崎は気の毒なくらい狼狽して、

「あ、そうか、そうか。三岡君とは、ふしぎな縁《えにし》であった。なまじっか隊の同僚よりも、こういう友人のほうが想い出がふかい。ぜひあいさつをしたい」

言っているうちに、奥から三岡が出てきて、

「山崎君」

と手を握った。感情家の山崎は、もうそれだけでぽろぽろと涙をこぼして、

「みじかい間やったが、ゆかいだった。法駕籠の一室で君らとすごした時間は、おれの一生でいちばん楽しいときやったかもしれん。ありがとう。こんどは弾丸《たま》の下で会うことになる」

「そういうことになるなあ」

「そのときは、新選組の山崎烝の腕がどんなものか、ぜひ君にみてもらいたい」

「そうだ、あんたの腕といえば、座頭おどりしか知らない」

「お婦以さん――」

山崎は、三岡のうしろにひっそりと立っているお婦以をみつけて呼んだ。お婦以は、ハッと唇を小さくあけたが、声にはならず、じっと山崎をみつめた。山崎は笑いながら、乾いた薪《まき》を割るような語調で、

「別れます」

「……お気をつけ遊ばして」

お婦以は叫びだしたいのを懸命に自制しているようだった。

「みなさん、さようなら」

くるりとふりむいて土間を出ようとした山崎の袖を、そっと松じじいがとらえた。

「馬はおれが曳いていってやろう。ひとあし先に守口の街道ぎわで待っている。あんたは、守口までゆっくり歩いて、ご寮人はんに送ってもらいなはれ」

松じじいはお婦以を手招きでよんで、

「山崎はんが、送ってくれと言うたはりますでえ。送りついでに、生国魂神社へ行って、武運をおいのりしたらどうだす」

「松さん。あなたはきらいです。こんな、こんな日に、そんな下卑《げび》た冗談を言って」

お婦以は、眉をよせ、シンから怒ったような表情で、まっすぐになじった。

ちッ、と心のなかで舌打ちをしながら、松じじいも腹がたってきた。彼としては精一ぱいの気をきかしたつもりなのである。馬を曳いて店を出ながら、しかし、とクビをひねった。ひょっとすると、あの丁稚《でっち》は、人ちがいをしたか、それともうそをついたのではないか。

「そうやとすると、えらい、ご寮人さんに迷惑をかけてしもうたことになるなあ」

見あげると、むこうの森の上で、青空が黒ずむほどの烏のむれが、しきりと舞いのぼったり、おりたりしていた。松じじいは、物心ついて以来、天満でこれほどの烏をみたことがない。烏は凶鳥だという。天下が動こうとするとき、人の運命が変ろうとするときは、こういう禽鳥《きんちょう》でさえ騒ぐのか、と思った。

五

慶応三年十月、将軍慶喜は、大勢の抗しがたいのを知って、政権を朝廷へ奉還し、同十二月、王政復古の号令は下された。維新の騒乱は、このときからはじまる。

慶喜は京の二条城にいたのだが、十二月十二日、幕府陸軍奉行が統轄《とうかつ》する幕兵をはじめ、会津桑名の藩兵、および松平容保《かたもり》預りの新選組隊士などを率いて、大坂にくだり、大坂城に入った。

京を守るものは、薩州、長州、土州、因州などのいわゆる勤皇諸藩である。天皇方には手兵というものがなかったから、このころをさかいに、京に駐屯《ちゅうとん》する諸藩が官軍の名でよばれることになった。

大坂のまちは、ここ数週間、幕兵でごったがえすことになったが、町家にみだりに入るべからずという布令《ふれ》がでているせいか、再び大坂にもどってきたはずの山崎烝は、ついに法駕籠の店先に姿をあらわすことがなかった。

「今朝、大坂城からみんな、京へ繰りだして行ったそうや。とうとう、山崎はんは来やはれしまへんでしたなあ」

ご寮人さん淋しいことおまへんか、とよっぽど言いたかったのだが、あの日以来、あんまり「悪がまい」するのを謹んでいたので、松じじいは、ただそれだけをぽつりと言った。

お婦以は、だまっていた。まだ怒っているのである。

松じじいは、その気配を察して、つい眼をそらし、そらした視線がお婦以のくびれた腰のあたりにとまってしまった。うわ眼使いになって、おそるおそる眺めると、心なしか、その腰は以前よりも肉づいてみえ、またそういう眼でみると、お婦以の襟もとの皮膚まで、どことなくみずみずしさを増しはじめているようであった。

(やっぱり、あの日は何かあったのやな。男のもんが、ご寮人はんの血のなかに溶けて、からだのすみずみまでめぐってるのやろなあ)

それを思うと、年甲斐もなく、首すじが熱くなり、血の脈だつ音がわが耳にも聞えるようであった。松じじいは、お婦以がけげんな顔をしたほどにあわて、居ずまいを直してから、こいつめ、と自分の膝をこっそりつねった。自分を叱りつけたつもりだった。

(わいにとっては、ご寮人はんは神様のようなもんや。もったいない。わいは、なん

ちゅう罰あたりの、ど助平じじいなんじゃ）

正月三日の午後五時すぎ、ついに鳥羽伏見街道に最初の砲煙があがった。

薩藩は鳥羽街道を守り、長藩は伏見街道を守っている。大坂から北上する幕兵は、およそ一万八千。新選組は、桑名藩兵、京都見廻組、大垣藩兵らとともに先鋒となって、鳥羽口を扼《やく》する官軍の主力に激突した。

「庄やん」

松じじいは、土間の物かげに、手代を呼んだ。庄吉は二十七八の、心のきいた若者である。松じじいは、庄吉の機嫌をとるように肩をたたき、小判のずっしり入った袋を握らせながら、

「この金を費用にして、戦争を見て来い」

「あ、番頭はん、そら殺生な」

「土間の働き人を二人付けてやる。戦さを手伝え、というンやない。見てくるだけでええ。それも、新選組の山崎烝はんというお人がどうなったかという先途さえ聞きとどけたらええ。幕軍は、負けたら大坂へまで逃げもどって来よるやろ。せやから、守口で網を張ってたらええ。もし見つかって怪我しとるようなら、必ず連れて帰って来い。このことはご寮人さんには言うな」

庄やんを発たせたその翌朝、幕軍が大敗北して、ひきもきらず大坂へ逃げてくるというウわさを聞いた。

戦いは、たった半日で終ったらしい。この一戦に、侍としての出世の希望と意地のすべてを賭けていた新選組の隊士は、ありようは手も足も出なかった。官軍のもつスナイドル元込銃は一分間に二十発も射てるうえに、命中精度が、幕府の旧式銃にくらべておそろしく高い。それに、アームストロング砲の威力が、幕軍の足を前へ進ませなかった。またたくうちに、死傷者の山が築きあげられた。

「これア、いかん。こうなりゃ、北辰一刀流も、神道無念流も、なにもないな」

江戸や壬生《みぶ》以来の同志が、標的人形のように鉛弾《えんだん》をぶちこまれてゆくのをみて、土方歳三が苦笑した話がのこっている。白兵格闘にのみ自信のある新選組は、その自慢の刀をも血ぬらさず、傷兵を背負って深夜の京街道を大坂へ潰走《かいそう》した。

「山崎さんは、どうなさったでしょうねえ」

その四日の朝、お婦以はたまりかねたのか、松じじいの番頭部屋へやってきて、すわった。ゆうべは眠れなかったのか、眼が赤く充血している。

「さあな」

「男って、どうしてあんなに戦さが好きなんでしょうか」

「さあな」

「松さん。どうかしたんですか」

「いや、な」

「なにか、怒ってるの」

「へへ。ご寮人さん。山崎はんの話は、鬼門ですわい。妙なことゆうて、またものゆうてもらわれへんかったら、えらいこッちゃ」

「ばかね。あなたが、つまらない当推量ばっかり言うからじゃありませんか」

「へへ。当推量かいな」

「また！」

「ご免やすや」

松じじいは、亀のように首をすくめた。おどけながら、わいの神様はなんと性根の皮の固いお人やろ、と思った。つくづく、神様に申しわけないながらも、変ったおなごやなあ、と舌を巻く思いがするのである。

六

翌日、庄やんが泥まみれになって帰ってきて、松じじいに、つかに血のにじんだ脇差を押しつけながら、

「山崎はんに、守口で会うた。右肩と右太股をうたれて、大八車に積まれたはッた。わいが走り寄って、法駕籠の手代だす、というと、脇差をぬいて、これをご寮人さんに渡してくれ、と言わはッた」

「それで、容態《ようだい》は。訊いたか」

「付添うている隊士の人が、低声《こごえ》で、もう半日も保つまい、と言わはッた。血が腐りはじめたらしいのや。その隊士の人は、どうせわれわれの命もあと数日だ。早いか遅いかのことだ、とえらいズウズウ弁で言うたはッた」

「費用《ぞうよ》は、あれで足ったか」

「だいぶ余ったさかい、山崎はんの懐ろにねじこんできた。この先、金だけが頼りやろさかいな」

「よう気がついた」

松じいは、お婦以の前へ行って、そのあらましを語り、脇差を渡した。お婦以は、袖口で、それをそっと受けとった。

「山崎はんの血がついてまッせ」

「そうですね」

お婦以は、ほとんど切り口上で答え、脇差を畳の上へおいた。泣き崩れるかと思ったが、表情がいかにも平静で、眼もとにはいつものおだやかな微笑さえうかべていた。松じいは、内心、この女のしぶとさにいらいらしてきた。舌打ちをして、

「もう二十年若かったら」

と思った。二十年若かったら、どうするんだ、と自分に訊いてみたが、じつは答えがない。横ッ面を張って、面罵《めんば》して、この取りすました面の皮をひんむいてくれようか、

「いや」

そうじゃない。この場で押し倒して、むしょうやたらに、このご寮人さんを犯してしまうんだ、と思った。それ以外に、このご寮人さんに、人間の情けの道を教えてやる方法《てだて》はない、と思ったのだが、しかし、現実の松じいは、意気地なくいつもよりももっと深々と頭をさげて、ひっそり部屋を出た。

三岡が、外出先から帰ってきた。

「幕軍がぜんぶ、大坂から船に乗って逃げてしまった。あすは、官軍が大坂城へ入る。ながらく世話になったが、私もあすから本営の大坂城に宿所をうつす」

「それは、めでたいこッてすな」

「山崎君はどうしているだろう」

松じじいが手短かに事情を話すと、三岡はさすがに武士だから傷のことには詳しく、

「その容態なら、いまごろは死んでいるかもしれないな。いい男だったが、武士らしい最期をとげた」

事実、山崎はそのころ、息をひきとっていた。慶喜以下、大坂から幕府海軍の軍艦に乗って江戸へ向ったが、山崎は出航まもなく絶命し、やはり負傷療養中の近藤勇が、不自由な体をおして舷側で葬儀を執行した。艦は、ちょうど紀州沖を通っていた。山崎の死体に、「誠」と大書した新選組の隊旗を巻き、幕府海軍の兵が堵列する前で、しずかに、暗い海へ落した。

「やがておれも行く」

それだけが、局長近藤勇の弔辞《ちょうじ》だった。

その夜、松じじいは妙に寝ぐるしく、なんども眼がさめた。醒めるたびに寝巻をぬ

らすほどの汗をかいているのである。三度目に醒めたとき、松じじいは、ハッとした。そうや。山崎はんが来たはッたンや、と思った。気がついてみると、夢の筋は覚えてないが、夢は三度とも、山崎がやってきて、お婦以の給仕で法隆寺料理をたべた。そんな情景だったような気がしたが、ふと思うと、

「そうでもない」

とも思った。夢の記憶は頼りないものだ。思い返すと、じつはそうではなく、松じじい自身が、お婦以とさしむかいで、生国魂神社の出逢茶屋の一室でなにか料理を食っているような情景のようでもあったのだ。松じじいは、心ノ臓がずきずきと高鳴り、真暗ななかでひとり顔を赤らめた。そのまま、厠《かわや》に立った。

厠は二つある。店に近い使用人用のそれはシモとよばれ、奥のお婦以の部屋のそばにあるものは、カミとよばれていた。そこはお婦以だけが使用することになっていたが、この夜の松じじいは、真夏の夜の若者のように、どうかしていた。足音をしのばせて、カミへ行った。息ぐるしくなるほど、顔が火照《ほて》っていた。

扉をあけようとしたとき、手が、ぎょっと止った。ついそこの、廊下をまがったところにお婦以の部屋がある。声だった。部屋から廊下を伝わって流れてくるのである。それは声というものではなく、死に瀕したけもののうめきといったほうが正確だ

った。ときにはひくく、ときには噴きあがるようなすさまじさをもって、厠の前にうずくまる松じじいの耳をうった。

松じじいは、盗賊のような用心ぶかさで冷たい廊下を這って行った。お婦以の部屋のふすまを、そっとあけてみた。室内は暗い。なにもみえなかった。しかし、たしかに二人いた。一人がなにかの動作を起すにつれて、一人がはげしくうめいていた。闇のなかで四肢をあげてもがくその姿が、声の律動《うごき》を通してありありと眼にみえるようであった。

「う、う」

松じじいの胸の奥から、すすりなきのような声が洩れた。それを合図に、へたへたと、肩から腰へ、腰から足の裏へと力が抜けおりて、冷たい廊下の板に吸いこまれた。悲しみとも、怒りとも、絶望ともつかない黒い感情が、松じじいの胸にみちた。

彼は、そっと離れて、厠のなかへ入った。

しばらくして、部屋を人が出てゆく気配がした。厠の前を足音がすぎてゆく。

(そうか。相手は、三岡はんだったのか)

翌朝、松じじいは、起き抜けと同時にお婦以の部屋へ行った。

「お早うございます」

「まあ、何のご用?」

松じじいは、声をのむ思いであった。お婦以は相変らず神様のように美しく、眼がふかぶかと澄んでいて、その微笑は、いつものように未通女《おぼこ》のように清らかな色気をたたえていた。

「この女狐はんめ」

と咽喉まで罵り言葉が出ていたが、松じじいは辛うじてのみくだした。それにしてもお婦以の様子が、すがすがしすぎたのだ。ゆうべのあの声がお婦以のものであったとはとても思えなかった。

「松さん。三岡さんは今日からお城だそうですね。すぐご挨拶に、ここへいらっしゃるそうです」

「へえ」

まったく、女は魔物だった。その三岡と、ほんのゆうべ、大変なご挨拶をかわしていたばかりじゃないか、と松じじいは、ひそかに歯がみした。

「ああ、松さんも居たか。ちょうどいい」

三岡が入ってきて、刀を置いて丁寧にすわり、主人と番頭に武士らしい挨拶をした。ハラがたつほどのしらじらしさだった。

（侍というやつも、食わせもんやなあ）

幕府崩壊とともに維新政府ができると、その開化方針のおかげで、法駕籠の商売がなりたたなくなってしまった。駕籠や中間《ちゆうげん》の用のない時代がきたのだ。松じじいは、お婦以にすすめて店を潰すことにし、老舗《しにせ》や道具類を売りはらい、それに以前からの持金をあわせると、五千両の金ができた。

「ご寮人さん一人の一生ぐらい、これで食えまッしゃろ」

「いいえ」

お婦以はかぶりをふって、五千両のうちの三千両を無理やりに松じじいに持たせ、

「松さんこそ、これからの老後、お金だけが頼りなのです」

「せやけど、ご寮人さんひとりで……」

「いいえ、あたくしは、ひとりではありません。世の中も変ったことですし、これを機会に」

「えッ、ほなら、やっぱり三岡はんと」

「いいえ」

「そんなことゆうても、山崎はんは死んでしもうたやおまへんか」

「どちらも松さんの悪推量なのです。お二人がご迷惑ですよ」

「ほなら、相手はだれですねン」

お婦以は、ちょっとだまっていたが、やがて意を決したように、

「庄吉です」

松じじいは、ウッと畳の上で頭をかかえた。新選組でも勤皇の志士でもなく、最初から灯台下《もと》の手代の庄吉だったのだ。松じじいは畳のうえで口をあいて、よだれをこぼしながら、やっぱり女は魔物やなあ、と思った。

盗賊と間者

一

京の因幡薬師《いなばやくし》の前に、樟《くすのき》がある。幹が、くねっているため、夜みると、黒い人が天にむかってもがいているようにみえた。

その夜は、師走《しわす》というのに風がなかった。樟の幹を楯に、相協《あいたす》けながら白刃をかまえていた二人組の浪人が、襲いかかった七人の男のために、瞬時に斬られた。七人の男は、新選組の隊士である。土地では、みぶろ（壬生浪《みぶろ》）という。いつものやり方だが、この場合も、人数のふりあいからいけば、決闘というよりも、なぶりごろしだったろう。

斬られた二人は、しばらく両手で地を掻いていたが、やがてこときれた。血のにおいが、薬師さんの南側でうどんの屋台をだしていた佐渡八の周囲まで流れてきた。

「けっ」

佐渡八は、吐きすてた。「あの式ならどんな強いやつだって、やれる。ああまでしてみぶろどもは、給金をもらいたいのかいな」

七人のほかにもう一人いた。その男はすこし離れたところで、腕組みをしながらこの殺戮《さつりく》をみていた。殺人が済むと、その男はゆったりした歩きかたで佐渡八のほうにやってきた。

佐渡八は、盲縞《めくらじま》のちゃんちゃんこを着て地べたにしゃがみ、七輪《かんてき》の火をおこしている。屋台の前に立った男の顔を、見あげようともしない。

「うどん屋」

男は、行灯《あんどん》の灯にてらされながら、低い声で呼んだ。あごが異常に大きく、こぶしでも入れられそうな口が、あごを横に割っていた。

「下郎、耳がないのか」

佐渡八は聞えぬふりで、渋うちわをばたばたと動かした。男は首領らしかった。他の七人がその両袖と背後に人屏風《ひとびょうぶ》を作り、そのうちのひとりが佐渡八のそばに寄って、えりがみを摑んだ。ゆっくり立ちあがって、

「なにをしやがる。うどんを食いたいなら、行儀よう、火のおこるまで待ったらどや」

顔が動いたのは、笑っているのか怒っているのか。その顔をみて、八人の殺戮者《さつりくしゃ》

が、さすがに声をのんだ。

　鳥銃にでもやられたのだろう、顔の右半分の肉が削《そが》れて、眼のくぼみさえなかった。左頰からあごにかけて、するどい刀傷がある。たった一つだけの眼が、ひやりとするほどの冷たさで光っていた。

「うどんを食うつもりなら、俺の顔は見ずに食え。どの客にもそう頼んでいる」

「下郎」

　口の大きな首領らしい男が言った。この男は、あの殺陣のあいだも、ゆうゆうと火をおこしていたうどん屋の度胸を怪しんだに相違ない。

「名があるだろう」

「佐渡八。そう呼んでもらっている」

「いや、本名があるはずだ。わしの眼は、たぶらかせぬ。藩名、生国、宿をいえ」

「うどん屋に藩名があるかい。生国は摂津《せっつ》東成郡深江ノ里やが、人別はいま、京の七条堀川の真宗蓮乗坊に置いてある。なんぞ、勤皇党の世をしのぶ姿とでも思うたのか」

「言葉をつつしめ」

「ただの下郎でね」

「前職があろう。吐かぬと斬るぞ」

「ああ、斬ってもええわさ。刃物の味には慣れている。人間なんてものは、えらそうなことは言うても、そのへんの石ころと何のかわりもない。死ねば石ころになり、生きてれば、こうして口をきいている。俺はいつ石ころになってもええつもりで、七輪《かんてき》をあおいだり、うどんを煮たりしている。お前はんが斬れば石ころになり、斬らなきゃ、うどん屋のままや。人間ちゅうのは、どだい、それだけのこってな。前職がどうこうと騒ぎたてるほどの代物やない」

「おい」

首領らしい男のそばから、別の男が口を出した。胸に返り血のあとがある。

「われわれを知らぬとみえる。京都守護職会津《あいづ》中将様御支配新選組の者だ。こちらの方は」

「言うな」

首領らしい男は手で制して、

「どうやら、退屈しのぎになりそうなおもしろい奴だ。いちど、壬生へあそびにこい。爾今、屯所での商いをゆるしてやろう。ただし、当方の雲行次第で、いつなんどき斬りすてるかもわからぬ。よいな」

「ああ」
佐渡八はうなずいた。刷毛《はけ》でうっすらとはくように八人の顔を見渡して「俺の前職をきけば、お前はんたちも屯所へうどんを売りにこいとは言わんやろ。おたがい、前職は言わんほうがええ。――そうと違うか」
一ッ眼が、にやりと笑った。この男は、首領らしい男が、新選組の局長近藤勇であることを知っているのだ。（おれが大坂堺で鳴らした盗賊、天満屋長兵衛のなれのはてやとしたら……）と、肚のなかでおかしそうに笑って、（この男は、武州多摩郡上石原の土百姓のせがれやないか。おたがい、前職は言わんほうが花や）
佐渡八はしゃがんで、もう相手には見むきもせずに七輪の火をあおぎはじめた。

二

この佐渡八こと天満屋長兵衛が、京へ流れてきたのは慶応元年の冬だった。
もともと長兵衛は、大坂はおろか、岡山、姫路、室津、摂津、池田、大和郡山あたりまで足をのばしてあらしまわった盗賊で、大坂城代が一盗賊をとらえるのに、数度にわたって西国一円の代官所へ人相書をまわしたほどの男である。

盗賊をしていたころ、この男にはふしぎな癖があって、百姓や町人だけでなく、追捕《ついぶ》の役人たちにさえ憎まれなかった。たとえば、備前岡山の藩領へ足を入れると、まっさきに開墾地はないかとさがす。できるだけ貧村をえらんで、開墾人夫に雇われる。

「なあに、給金は要りまへん。どこぞの納屋《なや》のすみと、寝わらと、三度のめしさえあてごうてもらえりゃ、法楽《ほうらく》だす」

半年ばかり骨惜しみなく働くと、

「ああ、これで体がさっぱりした。一年に半分は百姓仕事をせんと、血が鬱してかないまへん」

「あんた、なんぞ念願のすじでもあるのか」

と訊く者もある。

「べつにないが、わしの出生は、摂津国東成郡深江とゆうてな、葦《あし》は茂っても稲のなりにくい泥田や。この泥田に、先祖代々這いずりまわって生死してきた水呑百姓の血がながれとるねやろ。こうして風引薬を売ってあるいていても、年に百日は百姓をせんと体がごてよる」

この言い分は、半分本当だし、半分はうそだった。ありようは、百姓仕事を手つだ

いながら、近在の町の様子をうかがうのである。村を発つときは、かならず多額の金を置いて、

「これは少ないが、百姓をさしてもろうた礼金や。わしは旅の薬売りやで、どうせ旅の果で死ぬやろ。もし、天満屋長兵衛という男が死んだと風のたよりにきいたら、これで酒でも買うて一晩のみあかしとくなはれ」

その時分には、いくら世間知らずの農夫たちでも、この天満屋長兵衛がただの薬売りではなく、世間で名のきこえた盗賊であることはうすうす気づきはじめているが、だれもそのことは口外しなかった。口をとじていたばかりか、

「長兵衛はん。もし貴方《あん》さんのいう旅先で身の窮《きゅう》するようなことがあったら、村へ帰ってきなはれや。貴方さんの身ひとつぐらい、なんとか隠《か》くまうさかい」

そういう好意を示されると、長兵衛はむしろあわてて、

「せっかくやが、それはわしの生き方とちがう。わしは人の好意に甘える自分が大きらいでな。身が縛られるような気がするねや。それともうひとつわけがある。わしは、人間は一生でいっぺんだけ擦れちがうのがええと考えている男や。同じところで人間がよりあって、べたべたと暮らしてゆくのがやりきれん男でなあ。まあ、かんにんしとくれやすや」

好意をうけると、自由がなくなると長兵衛はおもっている。そういう性格が、この男を盗賊にさせた。盗賊は、長兵衛にすれば、だれにも支配されず、だれをも支配しない唯一の孤独な職業だった。しかし、それも本音ではない。長兵衛の心を裸にむきこんでしまうと、幼児が百日ぜきにもろいように、この男は、他人からうける好意には、からっきしもろかった。

世に強い人間というのがある。出世をし、金をもうける。この男たちの皮膚は足の裏のように固くて、他人の好意にきわめて鈍感にできている。好意をどんらんに吸収して、その栄養で肥るが、長兵衛のばあいは特異体質だった。好意を感じてしまうと、たちまち皮膚がやぶれて血が流れだすのである。

その長兵衛が、ついに皮膚をやぶってしまったのは、元治元年の夏であった。

十七の年から盗みをはじめて、四十近くになるまで一度も捕まることがなかった彼が、大坂鰻谷の西角で、日没後、町の木戸を開けようとして、町役人に捕まってしまった。たかが挙動《きよどう》不審のとがである。いつもなら適当に言いくるめてその場をにげだすところだが、この日は、日が悪かった。

京の三条に池田屋という旅籠《はたご》がある。この日から五日前の、元治元年六月五日、ここに集まっていた、長、土、因、肥、播、和、作州の志士たちが、新選組その他の幕兵によって襲撃された。事件ののち、京、大坂に非常警戒が布かれ、挙動不審の通行人をようしゃなくとらえる指令が出ていたのである。

「どうせ、二、三日、番小屋のめしを食うてりゃ出られるやろ」

タカをくっていた長兵衛は、身柄が同心の手から与力の手に移されて、はじめてただごとでないと気づいた。

(ひょっとすると、これが年貢のおさめどきになるかもしれん)

係の与力は、田中松次郎という六十近い老人だった。まず、長兵衛の顔をのぞきこんで、

「お前は、刀傷《かたなきず》があるな」

と言った。

「侍やろ」

顔の中を春風が吹いているようにノンビリした声だった。松次郎は、余技の陽明学研究で全国の学者仲間に知られている風変りな老人である。

「それとも、泥棒か。……ふふ、この奉行所へ連れて来られた以上は、不逞《ふてい》攘夷浪人《じょういろうにん》か泥棒火付か、どっちかに自分をきめてしまえ。どっちが、好きやねん」

「へえ」

これには、長兵衛もおどろいてしまった。

「へえ。では……、泥棒ということに」

「そうかい。泥棒が好きか。それなら、泥棒にきめておこう。わしも手数がはぶける。朝から牢入りが多うてな。いちいち調べていては体がもたん。泥棒なら泥棒でえが、もう奉行所から世間に出れば、二度と泥棒はすまいな。それをわしに誓えるか」

「え？」

「わしは、多少骨相を習いおぼえている。お前の相は、悪人ではない。かつ、こうと誓えば、かならず心の動かぬ人相や。既往を問うて裁く必要はなかろう。いま、お前が誓うか、誓わぬかで決めてつかわす。どうやな」

「は、はい」

長兵衛は、昼の野原で妖怪を見たような恐怖にかられた。若いころから盗みを働いてきて、さまざまな危険にも遭った。顔の鉄砲傷は播州竜野で代官所役人に追われ、猟師の山狩にあったときの傷だし、あごの刀傷は、大坂の雲州松平藩蔵屋敷に忍びこんだときに受けたものだが、そのときでさえ、これほどの恐怖は覚えなかった。長兵衛は、砂に頭をすりつけて、身長五尺そこそこの老与力松次郎の前でガタガタとふる

えながら、

「あ、あなた様は、それで、あとで、お奉行さまに叱られませぬか」

「阿呆やな。与力に同情する泥棒があるか」

「で、では、誓わしてもらいます。向後、いっさい、盗みは働きませぬ」

「よかろう」

松次郎老人は、歯のぬけた口もとで笑い、

「しかし、罰がないというのもおかしかろう。さいわい、今日捕まった者のなかに、清七という弱年の者がいる。これも泥棒らしい。五十ばかり叩いて牢を出すが、この男を連れて出てやれ。罰というのは、この男の面倒を見てやるこっちゃ。まだ二十一、二の若者ゆえ、そちが伯父代りにもなって、出来れば一緒の商いでもしてやるがええ」

「へへっ。いのちに替えましても」

「大げさなことを言うな」

松次郎は、同心に清七という入牢者《じゅろうしゃ》を連れて来させて、二人を裏門から解き放った。

「どうする。これから」

長兵衛は、京橋口の奉行所を出て、淀川堤の方角へむかって歩きながら、清七青年に言った。

「京で、うどん屋でも始めましょう。もとでなら、些少《さしょう》ながら、もっています」

長兵衛は、おどろいた。この若者は、身なりこそ乞食のようだが、言うことは実にハキハキしているし、秀麗な顔だちでもあった。

(こいつ、侍やな)

直感でそう思ったが、なぜか、そのことを確かめるのはわるいような気がして黙っていた。

「長兵衛さん」

「いや、佐渡八と言って貰おう。これは餓鬼のころの名や。天満屋長兵衛は、泥棒仲間のあいだでの名でな。これは捨てた」

「はあ。では佐渡八さん。これからは伯父さんと呼ばせていただきます」

こうして、佐渡八と清七とは、京の七条堀川で小さなうどん屋の店をもち、佐渡八は屋台と七輪をかついで京の町をまわり、清七は近所まわりの出前をした。煮たきと店の用事には、清七はどこからか、おけいという名の娘を連れてきて使った。

七条堀川から、洛西壬生《みぶ》村までは、さほど遠くはない。しかし、うどんの出前をするには遠すぎた。出前は七町以内を理想としたもので、それ以上遠ざかると、つゆが冷え、うどんが伸びきってしまう。ところが、清七という若者は、用もないのに岡持をもって、四条大宮から壬生《みぶ》の方角へ出かけてゆくことが多い。

「妙やな」

と佐渡八は思いながらも、疑問を口に出すことはつつしんでいた。

物語は冒頭のくだりにもどる。因幡薬師の樟の下で、佐渡八が新選組の殺陣をみた夜のことである。佐渡八は、堀川の家に帰ってくるなり、雨戸を閉めて、おけいにたずねた。

「清七つぁんは帰ってるかえ」

「さあ」

甕《かめ》の中でうどんの粉をこねていたおけいは、こちらをむいてあどけない口許を小さくひらいた。白いふたつの門歯《もんし》が、唇の下で上等の磁器のように光っている。もう十八になっているだろう。すこし顔は痩せていたが、眼のうつくしい娘だった。

「今夜も他行《たぎよう》かいな」

言いながら、佐渡八は、近寄ってきて、甕のなかに指をいれると、

「これア、あかん。水がすくなすぎる」

と、おけいを見た。

「はい、すみません」

あわてて、柄杓《ひしゃく》に水をくみに行くおけいの後ろ姿をみて、

(すみません、なんて、これアまるで、武家の娘やないか。清七つぁんは、どこからどう拾うてきたのかは知らないが……)

おけいが、高下駄を小刻みにきしませて、戻ってきた。

「このくらいで、よろしいんでしょうか」

「ふむ」

佐渡八はれんげで器用にひとこねして、指で粉をなめてみてから、

「ああ、上加減や」

「ちっとも役に立たなくて」

「すぐ馴れる。俺かて、もともとのうどん屋やないが、素人思案でわかってきた」

「おじさんは、もとは何をしていらっしゃいましたの?」

何気なく言ってから、はっとおけいは眼をふせた。そういうことは訊いてはいけないと清七から言われているのだろう。

「なあに、かまわん。おじさんは、もとは天満屋長兵衛という泥棒やった。まあ泥棒

にしては古い老舗《しにせ》でな。気楽に世を送っていたが、人間の運命というのはわからんもんでなあ、とうとう思いもよらぬうどん屋になってしもうた。それもこれも、大坂で怖いお人に遭うたがためや」

「こわい人って、清七さんのことですか」

「いや、大坂の天満与力で、田中松次郎というお人や」

「えッ、あの、おとう……」

言ってから、おけいは、みるみる真赤になり口をつぐんだ。

「おけいちゃん、いろいろ清七つぁんに口止めされていることがあるようやが、黙ってい、といわれたことは、巧《うま》あいこと黙ってンとあかん。わしは、昨日のことには興味のない男や。今日と明日だけの男でな。おけいちゃんが、いま、どんなにうまくうどん粉をこねるかだけに興味がある」

「はい」

「なにやら、いろいろと訳の糸がこんがらがっているようやが、わしは知らん。知らんでええ。ただ、な。わしは、田中の旦那と、旦那が頼んだ清七つぁんのためには、わしの残りの一生をどないでも使うて貰うつもりや。おけいちゃんと清七つぁんとは、どんな関係があるのかは知らんが、これだけは知っておいてもらおう」

「ええ」

おけいは、眼をふせた。佐渡八は笑って背の高いおけいの肩を叩いてから、

「これはおどろいた。痩せてると思うていたら、なんの、固ぶとりのええ肉付や。夫婦になったら、あの堅造《かたぞう》の清七つぁんでも大よろこびしよるで」

「まあ。……おじさん」

「あはははは。口が尖った。それでこそ、町娘らしい。おけいちゃんの身ぶりや言葉は、かたくるしゅうていかん。この調子で、すこし色話でも仕込むかな」

「おじさん」

「厭かい。——ほらほら、清七つぁんが帰ってきた」

佐渡八は、くぐりの桟《さん》を外すために、おけいのそばをはなれた。

三

「えッ、それは本当ですか。新選組の屯所でうどんを売っていい、……」

一たん寝ていた清七が、ふとんの上におきあがって、坐った。二階の七畳で佐渡八と清七が寝ており、階下の調理場の奥四畳半ではおけいが寝ている。

「あれはたしか、近藤という隊長やろ。あの口の大きな男が言うた」

「たすかります」

「けったいなお人やな。そんなに新選組にうどんを売りたいんかい」

「儲かることですから」

「あいつらは、払いがわるいそうやで、壬生の小間物屋の店先へ入ってきて、新選組の者や、はなをかましてンか、と言うて売物のちり紙をとってジュンとかみよったそうや。むろん、銭は払いよれへん。むちゃくちゃやがな」

「だって、おじさんもそうだったのでしょう」

「なるほど」

佐渡八は、思わず、ふとんのなかでくすくす笑ってから、

「しかし、おれは泥棒や。他人の気づかんあいだに、こっそり盗るのやさかい、それはそれなりにスジの通った稼業やな。なにが可笑しい」

「それア、おかしいですよ」

清七は、まるで子供のように、無邪気な笑い声をたてた。

(この年でなあ……)

佐渡八は、笑いながら眼がしらが熱くなるような思いがした。なが年、世間の裏街

道ばかり歩いてきたこの男のことだ。清七が、どんな立場で、どんな仕事をしているか、うすうす気づきはじめていた。

(長州かな。土州かも知れん。勤皇攘夷とやらで走りまわっている御浪人のひとりやろ。仲間から派遣《はけん》されて、壬生屋敷の動きをいちいちさぐっては、仲間にしらせている役目に相違ない……)

事実、初期の新選組には、勤皇派から派遣されて純然たる隊士にばけている間諜《かんちょう》がいた。著名なところでは、例えば楠小十郎もその一人だった。歴とした長州藩の武士だったが、京都屋敷そだちで京弁をよくするのを桂《かつら》小五郎が見込んで、新選組編隊そうそうに前歴をかくして入隊させた。これが次第にばれて、元治元年九月二十六日の朝、壬生屯所の門前で、隊きっての剣客原田左之助に斬られた。その後、楠と同様の目的で入隊していた長州方の間者、御倉伊勢武、荒木田左馬之亮の両人も捕縛のうえ、庭先で首を落されている。ほかに、薩摩系の間者として、武田観柳斎という人物も、竹田街道で同僚の斎藤一、篠原泰之進という者に斬られた。それっきりで、新選組に入りこんで諜報《ちょうほう》にあたるものの種が絶えた。

そのために、前記池田屋事件という、不覚の事態が発生している。京の三条小橋の旅人宿池田屋惣兵衛方にひそかに集合した勤皇派の志士三十数名が、近藤勇指揮下の新選組三十名を中核とする総勢五百人の幕兵に包囲急襲され、戦闘二時間あまりののち、ことごとく捕殺された。新選組では、すでに前夜からこのことを察知して襲撃の準備を進めていたのだから、もし勤皇派の間諜活動が十分ならば、こういう悲劇は避けられたはずだった。

池田屋事件の直後に、清七が七条堀川でうどん屋をひらいた。おそらくこの失敗にこりて、長州屋敷あたりから、清七が間諜として送りこまれたものに相違ない。――あるいは、与力田中松次郎もその仲間ではあるまいか。

（きっと、そうや）

佐渡八は、思った。松次郎は、幕臣ながら、ひそかに諸国の勤皇の志士たちと交友《こうゆう》しているとのうわさがある。浮浪人狩りで捕まってきた清七を解き放ったのは、田中老人が、勤皇派の策謀家たちと呼吸をあわせての仕事だったかもしれないし、を放したのは、老人の一存で清七の補助をつとめさせるつもりだったのだろう……。

（どうやら清七役者の振付師《ふりつけし》にゃ、田中の旦那まで入ってるらしい。黒子になって守ってやれば、旦那への義理もたつやろかい）

「清七つぁん」

佐渡八は、枕もとの煙草盆をひきよせながら、清七のほうへ向いた。

「考えたら走れ、という諺もある。さっそく明日から、みぶろ屋敷へうどんを持ちこもうやないか」

四

新選組屯所ともいい、会津中将様御支配新選組詰所ともいう。ありようは、古くから壬生郷にある二軒の郷士屋敷をそのまま押収したまでのことだが、どちらも小さな藩の京都屋敷ほどの広さと規模があった。

柏の林のむこうにある壬生寺の唐風の屋根が、曇った師走の空に凍りついていた。風が乾いて、刺すようにつめたい。

坊城通りから入ってきた佐渡八は、通りの北側に面した大きな長屋門の前までくると、清七に屋台をおろさせた。

「あぶないとみたら、屋台を蹴倒《けたお》して逃げるこッちゃ。そのときはわしにかまうな」

「あなたはどうするんです」

「こっちは玄人《くろうと》や。なんなら、その辺のどぶねずみと張りあってもええ」

清七が七輪を二つ取り出した。一つにはだし釜がかかり、一つには湯釜がかかっている。二つの釜から二すじの湯気がたちのぼりはじめると、凍てついた坊城の巷に、急にいきいきとした体温がかよいはじめた。それに吸いよせられるように一人のみぶろが近寄ってきて、

「おお、温かそうだな」

片方の掌で、貧相な赤鼻をすすりあげている。佐渡八は、うどんの玉を湯掻《ゆが》きながら、威勢よく声をかけた。

「一つどうだす」

「ああ」

「商いはじめの縁起もんや。初客はタダにしときまッさ」

「タダか。すまんのう」

「そら」

佐渡八は、男の両掌にうどんの鉢をのせてやった。男は、かじかんだ手で箸をとりながら、手の甲で水洟《みずばな》をこすった。ながい浪人生活のすえに、やっとここに職を得た男なのだろう。

「施餓鬼《せがき》に招ばれたつもりで、何杯でも食べなはれ」

「かたじけない」

「お言葉をきくと、南部のお方らしおすな」

「ああ、まだ妻子が盛岡にいてな。わし一人が大坂へ出てきて、さまざまな食う手立てをしつつ国へ仕送りをしてきたが、この屯所に来てからは、おかげで暮しも楽になった。——このうどんは、だし加減がうまいな。上方の食物は、なにかにつけてうまい」

「たんとあがっとくなはれ」

「いや、もう十分だ。せいぜい、みんなに吹聴《ふいちょう》してやろう」

「おい、化物」

横から、顔をつきだしてきた者がある。

「お前は、先夜のうどん屋やな」

これはまた、大坂弁のみぶろだった。あの因幡薬師の幛の下の殺陣に加わっていたひとりだろう。狐のような眼付をした背の高い男で、大坂者特有の、人を食ったような態度で佐渡八の顔をのぞきこみながら、

「うどん屋。どうもわしは、むかしお前の顔を見たおぼえがある」

「ながらく薬売りをしておりましたさかいな。そういえば、わしも貴方《あん》さんを見たことがある。そうそう、高麗橋のあたりに住んだはれしまへんやったか」

「ふむ。住んでいた」

「なあんや。あほらし。貴方さんは、針医の紅壁堂の留右衛門はんやないか。いつ転業しなはった」

「気安う言うな。いまでは、会津中将様御支配新選組副長助勤の山崎烝《すすむ》といえば、京では知らん者がないはずや」

「しかし、思いきったことをしやはったなあ」

と佐渡八は腰をのばして相手の顔をまじまじ眺めて、

「針やの紅壁堂はんといえば、船場内の者ならたいてい知ってる。その店をたたんで、よりによってみぶろになるとは、ようお父つぁんが承知しやはったな」

「それが耿々一片《こうこういっぺん》の氷心《ひょうしん》というやつでな」

「なんです、それは」

「武士やないとわからん」

「針やが武士かい」

「こいつ」

顔では笑っている。相手は、同郷の者に会ってよほどうれしかったのだろう。

「大坂者は、わしだけじゃない。一番隊に佐々木愛次郎という男もいた。これは谷町の錺職人《かざりしょくにん》のせがれや。かわいそうに、死んだ芹沢先生の女を奪ったという科《とが》で、先生に斬られてしもうたが」

「ところで、紅壁堂はん」

「山崎はんといえ」

「へえ、山崎はん。みぶろは、冬でも袷《あわせ》の下に刺子の稽古着だけしか着んと言いまっけど、それでは腹が冷えまっしゃろ。あついとこを一ぱいどうだす」

「うどんか。すまんな」

山崎は手をだしかけたが、佐渡八は鉢を手もとに押え、

「銭は要りまっせ」

「さっきの吉村はタダやったやないか」

「あれは施餓鬼《せがき》のつもりや」

「おれは何やねん」

「あんさんはちがう。いまでこそみぶろやが、もとを正せば、高麗橋の針や分限といわれた紅壁堂はんやおまへんか。うどん屋風情がおごったとあれば、冥利にかかわりまんがな」

「せっかくやが、銭が要るのなら、また今度にしよう」

山崎は、あっさり長屋門のなかへ入ってしまった。

「ちぇっ。しぶいい右衛門め」

「佐渡八さん」

清七は心配そうに訊いた。

「あんなにひどく言ってもいいんですか」

「そこが大坂言葉の便利なとこでな。言葉に毒さえ抜いときゃ、なんぼ口汚《くちぎたな》のう言うても、言えば言うほど親しみを増すという摩訶《まか》不思議な言葉や。あいつは大坂者やよって、そこんとこの呼吸はようわかっとるやろ」

「しかし、大坂の針医あがりだとか、錺《かざり》職人まで入りこんでるなんて、新選組もさまざまですね」

「それどころか、親玉の近藤勇をみぃ」

佐渡八は、くすくす笑って、

「武州の百姓の出やないか。土方歳三という男も、むかしは江戸で薬売りをしとったちゅう。みんな、刀を差してソックリ返りたい一心で、こんな所まで寄って来よる」

五

「佐渡八さん。話があるんです」

流し場でうどんのざるを洗っていた清七が、銭湯から帰ってきた佐渡八をみて、思い決したように言った。顔色がただごとでなかった。佐渡八は、濡れ手拭をはたいて、

「店を閉めてからにしよう。おけいちゃんはどこにいる」

「そこです」

「ふむ」

佐渡八は、土間のすみをちらりと見たきり、だまって二階へのぼった。おけいは土間のすみにしゃがんで、顔を袂《たもと》で蔽《おお》っていた。佐渡八らが、壬生へうどんの屋台を出してから半年たっている。年号は慶応にあらたまって、元年六月のなかばのある夜のことだった。

「なんや」

佐渡八は、ふとんを二つに折って部屋のすみへ片寄せながら、あぐらをかき、精一

ぱい洒脱《しやだつ》な笑顔を作ってみせた。おけいは階段の降り口のそばで、真赤に泣きはらした眼を俯《ふ》せている。佐渡八は、そのほうを向いて、

「清七のやつが、おけいちゃんのふとんの中へ這いこみでもしたのかえ」

「ち、ちがいます」

「はずかしがらんでもええ。娘のからだに戸は立てられんという。あはは、こう生きのええ若い者が一ぴき、ひとつ家に転がってたら、なんぼ戸口にかんぬきをおろしていてもあかんわな。――それで何かい、子オでもとまったのかえ。それとも」

「佐渡八さん」

たまりかねて、清七が口を出した。

「ちがうんです。そんなことより、大変なことなんだ。――大坂の天満与力田中松次郎どのが昨夜殺されたんです」

「なに！」

佐渡八のたった一つの眼が、ぎょろりと光り、顔が、熟れたように真赤になった。腕をほどくと、やにわに清七の胸ぐらをつかんで、

「おい、もういっぺん言うてみい」

「落ちついてください」

こんどは、清七がたしなめる番だった。

「田中どのが殺されたのは、淀屋橋南詰の料亭たごとまで謡《うたい》の会に行った帰りでした。死体の発見された場所は、たごとからほど遠からぬ堂島川の川小屋のわきです。うしろから右袈裟《みぎけさ》に斬られ、とどめを刺されていた。あきらかに闇討でしょう。斬った相手は、およそ見当がついているそうです」

「ど、どいつや」

「新選組です。一ト月ばかり前に、大坂の天満天神の境内わきで力士某が浪人者数人にからまれ、その一人を殴打《おうだ》したところ、他の数人に寄ってたかって斬り倒された、という事件があった。力士仲間が応援にかけつけて喧嘩になろうとしたところへ、寺社方与力の手が入った。ちょうど境内地からわずかに離れていたので、事件の係は寺社方与力から西町奉行所の町方へうつり、田中松次郎どのが取調べの係になられた。その田中どのの取調べが力士方に肩をもつ傾きがあったというので、壬生の屯所から近藤勇が直接奉行所に臨み、奉行をさんざんおどしたてて隊士を奪い戻して帰ったという。それだけではなかったんです。その後、近藤のほうから奉行へ、あの係与力は、かねがね勤皇不逞の浪人とまじって、よからぬ策謀《さくぼう》に加わっているふしがある、そちらで切腹さされねば、当方が松平中将様の命によって斬るがよいか、と言ってきておったそうです」

「みぶろのやりそうなこッちゃ」

佐渡八は、眼をとじて呟《つぶや》いた。

伏見でも似たような事件があったのを、京の者ならだれでも知っている。伏見の巨椋池（いまの京都競馬場）は、徳川時代を通じての禁猟区であったが、新選組の隊士がさかんにここで鳥銃を撃った。伏見奉行所では再三警告したが聞きいれないため、ついに業をにやして隊士後藤某を捕えて説諭した。後藤はそれを恨んで係与力の役宅に乱入し、惨殺《ざんさつ》して引きあげたという。

「しかし」

佐渡八は、眼をつぶったまま、清七に顔をむけた。

「なんぞ、事情があるねやろと思うて今まで訊かなんだが、いまとなっては訊いておくほうが、なにかにつけて便利かも知れん。清七つぁん、あんたは、いったい、なに者や」

「申しわけない」

清七は、膝のうえに両手をおいて、わずかに上体を傾けた。

「私は、当内十太郎と言う長州藩士です。いままでだまっていたのは、あくまで隠せ、といわれていたからでした。私どもの盟主の桂小五郎どのと、天満《てんま》与力田中松次郎どのとは、かねて親交がござった。田中どのが、ときどき、謡の会と称して淀屋橋のたごとに来られたのも、じつをいえば、長州藩大坂仮屋敷の者との連絡のためだったのです。私が池田屋ノ変ののち、あやまって浮浪人狩につかまったときも、桂さんがひそかに田中どのに頼んで、解きはなってもらったわけでした。そのとき、田中どのは、あなたを一ト目みて、なにか肝《きも》にひびくものがあったのでしょう。私の耳もとで囁いて、この仁はゆくゆく頼りになりそうだ。甥御《おいご》にでもして貰うがいい、と申されました。桂さんがあとでそれを聞いて、田中老の骨相好きにもこまったものだ、たかが泥……いや」

「ああ、かまわんで。泥棒にちがいないねンさかい」

「おこらないでください。桂さんがそう言ったのです。一緒に住むのはいいが、事は明かさないほうがいいと」

「そら無理ないわ。世間並みにいうと、泥棒と一緒にくらすほど物騒なことはない。せやけど、泥棒のほうから言えば、これも大がいしんどいこッちゃ。もともと独りぼっちが好きで泥棒になったわけやさかいな。べつに恩に着せるわけやないけど」

「いや恩に着ています。こうして一緒に暮していて、つくづく田中どのの眼力のたしかさがわかって参りました。私はたくさんの人を見てきましたが、佐渡八さんほどいい人をみたことがありませんし、それに禅僧《ぜんそう》や剣客も及ばないほどに人生に悟達《ごたつ》しているような方だと思います」

「こそばいこと抜かすな」

「泥棒ほど人が好いのでしょうか」

「阿呆かい」

佐渡八は苦笑して、

「まだあるやろ。吐いてしまえ」

「あります。おけいちゃんのことです。このひとは、じつは田中松次郎どのの娘なんです」

「ほんとか」

「正確には、養女ですけれども。……老人は、二十年前に後室を亡くされて以来やもめを通された方ですから、子はありません。おけいは、老人の亡弟の遺児です」

「ほう、呼びすてにしたな」

「許婚《いいなずけ》ですから」

「もう、夫婦の事は済んだかいな」

「そんなおたずねには答えません」

清七は、怒った顔をした。

「田中老人が、私が桂さんの密命をうけて京へゆくことにきまったときに、おけいも連れてゆけといったのです。女連れなら怪しまれずにすむし、おけいも、夫と一緒に生死の危険を踏むのをよろこぶやろ、というのがその理由でした」

「それはそうと、田中家はどうなる」

「斬られたとき、刀のつかに手をかけていなかったといいますから、当然、廃絶されるでしょう」

「あだは、むろん討つやろな」

「仇討なぞは、小事です。私は回天の事業のために命を捨てています。かたきをわざわざ討たなくても、われわれの手で世が変れば、彼等は自滅するほかないでしょう。私は、自分の大きな志に殉じます」

「耿々《こうこう》一片の氷心、という奴かな」

「ええ、それです。佐渡八さんは大変なことを知っていますね」

「新選組の男から聞いたンや。そのコウコウとやらでは新選組も勤皇党も変らんちゅうことになるな」

「さあ、それはどうでしょうか。彼等は、いまでこそ一会津藩の陣屋のひさしを借りているわけですが、いずれは幕府の旗本に、いや、あわよくば近藤、土方などは、大名の位置までねらっているようです。それを公然と口に出してもいます」

「勤皇方も、そうでないとは言えんやろ。コウコウで走りまわっているのは、どの藩でもたいがい、きのうまでは食うに困っていたお徒士《かち》や足軽衆が多いというやないか」

「いや、そうでもありません」

「まあ、ええ。……ところでおけいちゃん」

「はい」

おけいが、眼をあげた。

「あんたは、どうするつもりや。親父さんを殺されてだまってるつもりかい。なるほどこの場合はみぶろの指金があるさかい、仇を討ったところで、家の禄は旧に復されるちゅうことはあるまい。損得でいきゃ、この仇討は儲からんちゅうことになる。それよりも、コウコウイッペンをやってるほうが、将来もうかるということになる」

「佐渡八さん」

清七が、言った。

「口が過ぎます。いくらあなたでも、無礼の言辞はゆるしませんぞ」

「放っとけや」

佐渡八は、むっとして、

「わしは、おけいちゃんに訊いている。どうやねん」

「はい。……でも、私は」

「婿はんに従うかい。それもええやろ。それが、女のコウコウイッペンかも知れん。ソンなら、わしア、決めたでえ」

「どうするんです」

「泥棒は泥棒らしゅう、泥棒のコウコウでいく。つまり、清七つぁんのいう小事はわしが引きうけることにするわい」

「あ、あのう」

突如、おけいが顔をあげて、必死の眼つきをした。

「おけいちゃん」

清七が、なぜかおけいの袖をひいて、たしなめた。

佐渡八には、二人の心が読めた。おけいが必死の眼つきをしたのは「佐渡八が仇討を決意してくれるなら、私もゆく」と言うつもりだったのだろう。清七こと当内十太郎は、すこしちがう。

　この好青年は、国事に憑かれていた。この種の青年にありがちな思考法として、天下国家の大事からすれば、たかが盗賊が小事に熱中して命を落そうと落すまいと知ったことではなかった。べつに人が悪いのではなく、考え方が明快すぎるだけのことである。その証拠に、清七は他愛なくニコニコと笑い、おおげさにいえば、天使のように澄んだ瞳をほそめていた。人としての情緒感覚が欠けているだけなのだろう。

六

　それから十日たった。この前後に、新選組は、屯所を壬生《みぶ》から西本願寺の太鼓番屋に移している。移駐の理由は、まず第一に、隊士が激増して壬生の郷士屋敷が手狭になったためである。ついで、ゆらい長州系勤皇派の巣窟だった西本願寺に対するいやがらせでもあった。

　当然、清七たちの屋台も移動した。境内の南の七条通りに面した黒門の右わきをえらんで、屋台をおろしたのだが、その日はあいにく佐渡八は風邪気味で休んでいた。ひとりで湯をわかしていた清七に、通りかかった隊士のひとりが、いつになく険しい

表情で、

「おい、うどん屋。すこし、しつこすぎはしないか。壬生からついてきたのか」

その夜、清七からそのことをきいた佐渡八は、この男特有の勘で、これはあぶない、と思った。

「それで、お前はんは、今日は真っすぐにこの家まで帰ってきたのかえ」

「いや、寄り道をした。六条の亀屋という外郎屋《ういろうや》に屋台をあずかってもらって、さる旅籠《はたご》へ行って藩の者と落ちあった」

「こら、あかん」

佐渡八は、がばとふとんをはねのけて、とび起きた。

「別れるときがきた。早う、ここを逃げえ」

「なぜ、そんなにあわてるのです」

「ド阿呆。話のぐあいでは、きっと尾行《つけ》られている。わるい日に寄り道をしたもんやな。むこうはてっきり間者やと見たやろ。……さあ、逃げて無駄でも、もともとや。なにをボヤボヤしとる」

「あなたは、どうするんです」

「こっちゃ、逃げるのは商売や。わし一人ぐらいは、なんとかなる。こういう時のことを考えてべつに隠れ家を借りておいた。墨染《すみぞめ》の臨政寺という寺がある。寺の裏手の藪《やぶ》の中の家や。ちりぢりになったあと、もし、わしに用があれば訪ねてきてんか」

「では、お言葉に甘えます」

清七は、おけいに支度をいそがせて、裏口から出て行った。それからほんの数分たってから、表の雨戸がわれるように鳴った。佐渡八は、傍らにあった宣徳《せんとく》の火鉢を鷲《わし》掴《づか》みにつかんだ。

「来くさったか」

火鉢を小わきにかかえるなり、左手をのばして天窓を押し明けた。大屋根へ出て、そっと見おろすと、捕方まで連れてきているらしく、せまい路地に十数個の提灯《ちょうちん》がうごいているのがみえた。空は暗い。月がなかった。

(安じょう、逃げよったかな)

ちらりと、おけいの白い顔がうかんだのは、どういうわけだろう。——佐渡八は、屋根の上に、そっと宣徳の火鉢を置いた。置きざりにしたままに、別の屋根へひらりと飛び移った。同時に、雨戸の破られた音がきこえた。

飛び移った屋根の下の路地には、まだ人数が来ていない。佐渡八は、瓦を一枚はぐって膝の上で割り、その破片の一つを、掌《て》の中におさめた。

佐渡八は、ねらいをさだめた。目標は、むこうの屋根の上に置いてきた宣徳の火鉢であった。投げた。火鉢はぐらりとゆれて、屋根のこうばいの上に落ちた。たちまち、火鉢は、灰神楽をあげながら、ごろごろと表通りのほうへ落ちて行った。捕方の注意が、一瞬そのほうへ吸い寄せられた。そのときは、すでに、佐渡八のからだは二丈の屋根を飛んで、路地の土の上におりていたのである。

あとは、堀川のふちまで駈けて、暗い水面にとびこめばよい。町々には黒い木戸が降りて、かろうじて犬と猫の通行だけをゆるした。しかし、川には戸口がなかった。水は、盗賊を抱いてくれた。そのまま南流して、淀川まで連れてってくれるはずであった。夏とはいえ、夜の川の流れはつめたい。佐渡八は、慄えを奥歯で噛みころしながら、気ぜわしく流れて行った。

七

西本願寺太鼓番屋にうつった新選組屯所に盗賊が侵入したのは、慶応元年八月二十八日の夜であった。このことは西本願寺の口碑として伝わっているが、新選組が残した諸記録のなかにはない。太鼓番屋への侵入は丑《うし》の上刻であり、逃走は丑の下刻であったという。いうまでもなく、この盗賊は佐渡八こと天満屋長兵衛である。

太鼓番屋の黒塀は深夜に越えたが、本願寺境内に入ったときは、まだ陽が京の西山に落ちていなかった。大師堂前の山門が閉まろうとしたとき、参詣人の風を装った佐渡八が、すべりこむようにして入ってきた。

「待った」

門番が、六尺棒を前につきだした。本願寺の諸門の警護は本願寺家老下間《しもつま》加賀守の支配下にあり、武家屋敷同然の様式をとっている。佐渡八はすばやく、銀の小粒を門番の手ににぎらせた。掌のなかの金属の肌のつめたさが、門番の老中間《ろうちゅうげん》の口もとを綻《ほころ》ばせた。佐渡八は、そっと門番の耳もとに囁いて、

「きこえるか」

「いや、もそっと、大きゅう」

「きこえるか」

「うむ、聞えた」

「おれは、盗人や」

「げえっ」

「おどろくな。なにも、本堂の仏を盗みだそうというわけやない。太鼓番屋へしのび

入るつもりや。相手は、みぶろや。どや、うれしかろう」

「新選組屯所なら、当山としてさしつかえない」

「門跡みたいなことを言うな」

「力になろう」

老中間は言った。西本願寺の新選組に対する憤激《ふんげき》は、こうした下人のはしばしにまで浸みわたっている。幕末の本願寺重役は、長州出身の僧侶が多かった。思想的にも新選組とあいいれぬばかりでなく、法城を侵されたという信仰上のいかりもある。

「太鼓番屋はみぶろが来てから塀を高うしくさって、とても忍びこめまい。たった一つ、西側に弱味がある」

西側は、飛雲閣の庭園と、塀ひとつで隣接しているという。壁をくりぬいて格子をはめた小さなくぐりがあり、「その鍵はこれや」と、門番は佐渡八の掌にのせてくれた。

ついでに、間どりも、いちいち図までかいて教え、

「やっぱし、定法《じょうほう》どおり天井裏から侵入《はい》るのやな。ソンなら、屋根の西の端から、瓦二十枚を東へかぞえたところに、水の字を刻《ほ》った瓦が一枚ある。その瓦を中心に五枚ほどめくれれば、下板がかんたんにはずれるはずや」

「そこまで聞けば、忍べたも同然。いや、おおけに」

佐渡八は、礼を言って、夕闇にまぎれた。

本願寺は、ひろい。東は堀川通、西は大宮までいたる境内地のなかに、大小百余の建物があり、ほかに、城の遺構さえある。飛雲閣がそれであった。秀吉の居城伏見城から移したという三層の楼閣で、方角は、本堂から東南へ五町。大小の築山が起伏し、池がある。飛雲閣は、そのなかに浮んでいる。

陽が落ちた。佐渡八は、飛雲閣の床下にねそべって、刻の移るのを待った。秋の虫が、湧くようにすだいている。

湿った土のうえに肘まくらをつきながら、佐渡八は、奇妙なひとり遊びに興じていた。整息術という。

声もださず、体も動かさない。それでいて呼吸だけを乱すとたちまち、虫の声がやむのである。やがて、気配を断つ。虫の声が、いっせいにすだきはじめるのだ。丑《うし》の上刻には佐渡八は、新選組局長近藤勇の寝所のうえにいた。虫の声さえ自由になるこの男の忍びを、勇が気づくはずがなかった。

寝所には、灯があった。箱まくらに載った勇の寝顔は、小さないいわのように動かなかった。

「定《じょう》に入ってくさるな」

佐渡八は、天井の板をはずした。やがて、いっぴきの蜘蛛《くも》が糸をひいて空中を落ちるように、音もなく畳のうえにおりた。勇が眼をあけた。

すでにおそく、佐渡八の冷たい短刀の刃が勇の咽喉にあてられていた。

「さわぐな、近藤」

「うどん屋じゃな。かねて、怪しいとおもっていたが、始末を怠ったのが不覚。長州のまわし者か」

「まわし者?」

佐渡八の手拭《てぬぐい》のなかの眼が、ぐっと吊りあがった。

「おれが、だれぞのまわし者やと? 猿は猿の智恵でしか他人を測れんものとみえる。お前は京都守護職松平容保《かたもり》という猿まわしの飼われ猿かもしれんが、おれは、おのれの五体だけで世を暮らしているいっぴきの泥棒でな。だれに舞わされてるわけでもない。ただこのところ、妙な老人から義理をかけられた。これだけが、天満屋長兵衛の一期《ご》の不覚であったわい。この義理をはたすために、お前の寝首をなぶりにきている。……うごくな」

「その老人の名を言え」

「おい。なんぞ間違うてへんか」

佐渡八は、左手で勇の頭をおさえ、右手の短刀のつかに力を入れて、

「昼間の京の町ならみぶろの天下かもしれんが、夜はこの長兵衛はんが御領主や。しかも、お前は、長兵衛はんの囚われ人ときている。ちいと、口をつつしまんかい」

「賊」

近藤は、体を動かしかけて、やめた。

「武士にむかってぶれいだろう」

「なにをド田舎者が血迷うてくさる。人殺しが武士なら、泥棒も武士やろ。ところで泥棒様は一枚利口でな。泥棒やからとゆうて、威張って二本差で町を歩かん」

「わしをどうするのか。殺すというのか」

「ばかもの」

言うなり、佐渡八は左の拳をあげて、勇のかん骨を砕くまでに打った。皮膚が、もえるように赤くなった。

「筋目のある泥棒が、人を殺すとおもうか」

佐渡八には、妙なプライドがあるらしい。言ってから、佐渡八はくびをかしげて勇の顔をのぞきこみ、急に顔の造作をかえて笑顔をつくった。いかにも、ふるい仲間が

相手をいたわるような一種のやさしみをこめた声色で、

「なあ、勇よ」

勇は、不快そうに眉を寄せている。

「わしは、さることから、ながい商いであった泥棒をやめた。お前も、ええかげんに人殺しをやめて、もとのド百姓にもどらんかい。お前はさむらいになった気でおるのかもしれんが、飼主にだまされとるのや。本物の武士というのは利口でな、だれも隠《おん》亡《ぼう》や人殺しみたいないやな仕事はしとうない。そこで、お前らみたいな百姓や町人、遊び人をあつめて、武士の装束《しょうぞく》をさせ、うれしがらせておいて人のいやがる仕事をさせている」

「旗本になれることは、きまっているのだ」

「どこまで阿呆や。つぶれかけの店ちゅうもんは、むさんこに空手形を出しよるもんや。手形につられて働きとおして、正気にもどったときは店はあらへん」

「その店を潰さぬようにわれわれは働いている」

「利口者やないな」

「潰そうとする奴は、斬る。千万人といえども斬ってゆく」

「せえぜえ隠亡が繁昌しよるやろ。しかし、同じ悪者でも、むかしから利口な者は泥棒になり、阿呆は人殺しになるというのは、よう言うたもンや。それほど、さむらいの恰好がしたいのか」

「かならず、大名になる」

「百姓にもどるのが厭なら、天満屋の老舗《しにせ》をくれてやるさかい、泥棒にでもならんかい」

「武士が泥棒になれるか」

「こいつ、人殺しのほうが、一格上と思うてくさる」

「痛っ」

「ほい、しもうた」

佐渡八は手をゆるめて、勇の首すじをみた。短刀の切尖《きつさき》で皮が切れて、薄く血がにじんでいる。佐渡八が手をゆるめたすきに、寝ている勇の左手が佐渡八のえり上にかかり、力まかせに押し倒した。押し倒した勢いで、勇がはね起きると、

「曲者《くせもの》。出あえ」

叫んでから、はっと左手の軽さに気がついた。摑み倒したはずの佐渡八がそこに居ず、茜色《あかねいろ》の半てんだけが拳にぶらさがっている。みると、裸の佐渡八が、床の間の柱をよじのぼって、天井の穴へ入りかけていた。

勇は、脇差を抜くや、佐渡八をめがけて投げつけた。刃は、佐渡八の右の内股を切って、床柱に突きささった。血が畳の上へ滴ったときは、すでに相手の姿はなかった。

「先生、お怪我は」

駈けつけた宿直の者たちが、抜刀のまま勇をかこんだ。

「怪我はない」

「曲者はどこです」

「い、いたちだった」

「は?」

「おかしないたちが、枕もとまできた。しかし、もう退散したゆえ、あとは追うな。さがってやすむがよい」

勇は、まだ夢から醒めていない表情で、不得要領に言った。薩長のまわし者でないとすると、なぜあの男がわざわざ危険をおかしてやってきたのか、勇の頭には理解ができなかった。

八

　そのことは、当の佐渡八自身でも明快な答えができなかった。墨染の藪のなかの隠れ家で、傷の手当をしながら、なんども首をふっては、ひとりで吹きだしていた。人間の行動には、本人が真剣であればあるほど、妙な運動律におちいるものらしい。あるいはそんなことが佐渡八のいうコウコウイッペンというものかもしれなかった。

　思い返してみると、田中松次郎の仇を討ちたいという気持と、盗賊としてかつて人を傷つけたことがないという誇りとが、佐渡八の場合、みごとに矛盾《むじゅん》していたのだ。矛盾をどうするべきかという思案よりも、むしろ、とにかく行動せねばならぬという切羽つまった気持のほうが強く佐渡八を動かした。その実、勇の寝所に侵入《はい》って首の根を押えてから、佐渡八は何をなすべきかがわからなかったのである。

「それが、コウコウイッペンというもんの不思議なとこやな。みぶろや清七を笑えた義理やないわい、人間はたいてい他人のやってることが馬鹿にみえるもんやが、そのじつ、おのれはおのれで、別のコウコウで動いていて、他人からみれば馬鹿なことをやっているものらしい。わしだけが利口に生きてきたつもりやったが、それが田中はんに遭うてから、どうやら馬鹿の気《け》がはいった」

その日から十日ばかり寝てくらした。佐渡八にすれば、馬鹿の気を落すつもりだったのだろう。

十日目の夜、雨戸を叩く者があった。稼業柄、用心ぶかく裏口をあけていったん外へ出、竹藪のなかを通って、来訪者の背後に出た。

東山にのぼった月が、真上からその者の肩をてらしている。男だった。二すじの細い刀の鞘の影が目に入った。

「だれや。なんのご用かいな」

声をかけると、相手は、ぎょっとしてふりむいた。前髪がある。たもとが長い。京の門跡寺院あたりの寺小姓とみてとれた。

「佐渡八さん、あたしです」

「あ」

佐渡八は、口をあけた。おけいだったのである。

「なんや。そのかっこうは、憑き物でもついとるのかいな」

「今夜、泊めていただきたいんです」

おけいは、答えずに、眼を張りつめて言った。

疲れている。顔色をみて、飯はまだらしいと思った。中へいれてから、佐渡八は湯を沸してやった。おけいは手伝いもせず、暗い灯のなかで放心したように畳の目をみつめていた。支度ができた。佐渡八は、おけいの傍に立ちながら、

「ほう、髪が夜露にぬれとるがな。かわいそうに、だいぶ遠くを歩いてきたな」

と、思わずおけいの黒々とした前髪をなでてやると、おけいは、やにわに佐渡八の両脚《りょうあし》にしがみついてきて、

「けいは、もういやです。どうすればいいのでしょう」

黙って佐渡八は、おけいの両肩を押えた。ほのかに女の匂いが薫った。

「まあ、飯を食うてからや。腹がへると、人間、なんとなく悲しゅうなる」

「佐渡八さんは、あいかわらず人間通ですね」

涙顔で、おけいが笑った。

あれから二人は、土州屋敷の知人を頼って逃げこんだらしい。長州屋敷は蛤御門《はまぐりごもん》ノ変以来、閉鎖《へいさ》されていたからである。

「その翌日には、大坂にいらっしゃる桂様からお使いがきたのです。あの人たちの連絡はずいぶん早いのですね」

蛤御門の敗戦で、このところ長州人は京に足をふみ入れることができなかった。大

坂に策源地をおいて、絶えず間諜と連絡者を投入しては、京の状勢をさぐっていた。桂の使いの口上によれば清七こと当内十太郎はすでに京の者に顔を見識られたゆえ、大坂へ引きあげろという。かわりにおけいを残せと、桂らは命じてきた。

「それで、清七つぁんは、どう言うたんや」

「委細承知と、顔色も変えないんです。あたしのことをどう思っているのでしょうか。あの方をみていると、人間のような気がしません」

「それから、どうしたんや」

「男といつわって、お寺に入られました」

東山に、天台宗の門跡寺院があり、庭に小御所と名づける茶室がある。薩摩藩が公卿方の有志と密会するのに使っていた。蛤御門以来、薩長の間でさえうまくいってなかった頃で、桂たちとしては、薩摩の情報を知る一方、薩摩を通じて公卿方の動きを知りたかったのである。寺小姓としておけいに与えられた役目は、会合した双方の人数と、できれば公卿方の名前を、連絡者に通報することであった。

「ところが、たちまち露《あら》われてしまったんです」

「薩摩方にか」

「いいえ。寺の役僧が、あたしが女であることを嗅ぎつけたのです。意のとおりになれ、と迫りました。ならぬと、薩摩に渡す……。とうとう……」

「なったのか」

「ちがいます。だから、いま佐渡八さんの前にいます。そんなことになったら、けいは死んでしまいます。死にものぐるいで逃げてきたのです」

「汁ができた。韮《にら》を入れてあるさかい、温《ぬ》くもるで」

「もういやです」

「韮がか」

「いいえ、あの人たちの間にいることが。清七さんもきらいです。佐渡八さんは泥棒だけど、こうして話していると、あの人たちなんかとは比べものにならないほど温かいんです」

「泥棒だけ余計や。もう泥棒は、あんたのおとっつぁんと約束したさかい、やめている。このあいだも、みぶろの屯所へ入ったが……」

「えっ、新選組へ！」

「ああ、べつに何も盗らなんだな」

「で、どうしました？」

「どうもせん」

近藤勇をどづいて帰ってきたなどとは、ばかばかしくて言えない。

「これから、どうする」

「行くところがないんです。佐渡八さん、よかったら、ここへ置いていただけないでしょうか」

「阿呆やな」

佐渡八は、煙管《きせる》のやにをほじりながら、くすっと笑った。

「泥棒でも男の内やということがわからんのかいな。こんな藪のなかの一軒家で二人きりで暮らしていたら、わしが、いつどうなるかわからんがな」

「なってもかまいません。男と女のことですもの。自然なことではないでしょうか」

「妙に大人ぶったことを言うでえ」

「そういう自然ななかで温かく暮らしてゆくほうが、人間の生きていくうえで、大切なことだと思うようになりました。——あんな、あんな」

「激するな。それより、お前は本当にわしを好いてくれるのか」

「ええ。だい好き」

「それなら、抱くでえ。たったいまここにころばして帯を解いてしまうでえ。ええかいな」

「うん」

「しかし」

「言わないで。……かまいません」

おけいが自分から倒れてきた。佐渡八はその細い肩をだきとめると、左の手でそっと小姓袴に触れた。おけいはびくりと体を固くしたが、すぐ眼を閉じた。かすかに絹のきしる音が流れて、袴のひもが解けた。佐渡八の手が、おけいの体のふかみへ触れた。おけいの体が硬直《こうちょく》して、唇から血の色がひいた。

「お前は、まだ生娘《きむすめ》やな」

「言わないで」

「いや、言おう。清七がつめたすぎたから、腹がたってわしの所に来たのとちがうか。本心は清七が好きやろ」

「ちがいます」

「わしが悪かった。わしのこの顔や。娘が好きになるようなしろもんやない。おけいちゃん、あんたは自分の本心を読み誤っている」

佐渡八はそっとおけいの体を離した。

九

明治五年の暮、大阪の高麗橋北詰で、天満屋長兵衛という屋号でうどん屋を営んでいた佐渡八は、ある日、店先に官員の馬車がとまるのをみた。

「大将、えらいこっちゃ。どこへ行きよるのかと思うたら、うちへ入って来よるがな」

出前の丁稚《でっち》が、あわてて注進してきた。

「ああ、佐渡八さん。清七です。当内十太郎です」

「覚えている」

店の奥のかまちに腰をかけて莨《たばこ》をのんでいた佐渡八が、立ちあがりもせずに片眼をひらいた。

「家内です。おけいです」

丸髷姿のおけいがふかぶかと頭をさげた。

「ずいぶん探しました。こんど大阪府の権参事になって赴任してきたんです」

佐渡八は、二人を二階の八畳に案内し、座蒲団でばたばたと畳のうえの埃をはたいた。

「まだやもめなのですね」

「この顔やさかいな」

その顔を、横あいからおけいの瞳《ひとみ》がじっと見つめていた。佐渡八は気づかぬふりをして、当内に笑いかけ、

「あんたのコウコウイッペンは、これで一山あてたことになったな」

「まあ、そういうわけです。佐渡八さんのおかげだと思っています」

「それにひきかえ、近藤勇の最期はあわれやった」

「鳥羽で敗れて江戸へ奔ってからは、近藤は永いのぞみどおりに若年寄一万石格、土方歳三は、旗本寄合席三千石格。隊士は旗本格になったのですが、そのときは当の幕府は事実上壊滅していたんですからね。近藤は板橋の仕置場で斬られ、土方は五稜郭で討死しました。土方などは、事志と違ったとはいえ、一介の薬売りから、たとえ三日でも旗本寄合席になれたのは男児のほまれである、と言い遺して死んだそうです」

「あわれな奴や。空手形と知りながら、よほどうれしかったのやろ。幕府も罪なことをしたもんや」

佐渡八は、遠い風景を見る眼付をした。ほんの数年前のことだが、佐渡八にすれば

旧幕時代の思い出は、はるかな昔の出来事のように思えるのである。

当内十太郎が座を立った。

「下にある」

佐渡八が、厠《かわや》の場所をおしえた。当内が立ったすきに、おけいがはじめて口をきいた。

「あたしは」

と、みるみる眼に涙があふれた。

「佐渡八さんをうらんでいます。あなたになんか、女の気持はわからない。あたしは、あのとき真剣にあなたが好きだったのです。だのに、あなたはあたしを突きはなしてしまった。女として、生涯の恥辱だったとおもっています。佐渡八さんが人間通なんて、うそ」

「そのおかげで、あんたはうどん屋風情の女房にならずにすんだ。がむしゃらに世を生きれば清七のように一山あてることもあるかもしれんが、当てたところでやくたいもない。わしはわし流でゆく。これからも、世の中を物見遊山のつもりで、ぶらぶら暮らしていくつもりや」

「負け惜しみね」

「さあ、負け惜しみかな」

佐渡八は、洞窟のなかの仙人のような、複雑な微笑をうかべた。

泥棒名人

一

「ちぇッ、いつになったら風がくるんだ。海賊じゃあるめえし、泥棒が風待ちするようになっちゃあがったりだな」

五畿内随一《きないずいいち》の名人といわれた盗賊江戸屋音次郎は、忍びこんだ天満《てんま》の海産物問屋天王寺屋五兵衛の今橋寮《りょう》で、庭のしげみに身をひそませながら、いまいましそうに舌打ちした。

豆しぼりの手拭いを頰かぶりにして、裾を思いきってからげたあたりは、型どおりの盗人姿《ぬすっとすがた》だったが、背がおそろしく低い。唇が薄く、眼が猫のように青く光っている。削《そ》げた頰を伝わって、脂汗《あぶらあせ》がじりじりと流れていた。

風がなかった。大坂の真夏の照りは、夜に入って風が死に絶え、野ねずみの蚤《のみ》まで蒸し殺すという醞気《うんき》にかわる。土地では夕凪《ゆうなぎ》という。

どの屋根の下でも、人はまだ眠りにおちていない。屋敷内の灯は消えていたが、男も女も、ふとんの上で寝亡者《ねもうじや》になって苦しんでいるのだろう。音次郎の耳にだけ聴えるひそやかな気配がある。少し風でも出てくれなければ、縁側をつたい歩くこともできないのである。

忍びこんだのは、戌《いぬ》の下刻だった。かれこれ二刻あまりもこの沈丁《じんちょう》の葉蔭にかくれているのだが、どうやら今夜は待ち甲斐もなさそうだった。

音次郎は、侵入のできる完全な条件がそろうまで、雨戸に手をかけない主義にしていた。音次郎は思うに、名盗というのは、ある意味では、よく待つものの意である。去年、鴻池《こうのいけ》の什器蔵《じゆうきぐら》に忍びこんで、家宝の乾山《けんざん》の絵皿十枚を盗み出したときも、五時間も下男部屋の軒びさしの下でひたすら待った。ただこまるのは、はいせつのことだった。コウを経た盗賊でも、忍び入るときの緊張と恐怖で、奥歯がふるえる。ふるえが奥歯だけで止まればよかった。歯から胴へ下り、胴から下って肛門の周辺まで震えだせば、もはや意思の制御《せいぎよ》がきかなくなり、ズバリとおちてしまうものだ。

音次郎は、肛門をひきしめ、地を爪で掻きながら、必死にそれをがまんしていた。ふとそのとき鼻に異常を感じた。

そばに、堂島川が流れている。上汐《あげしお》で、さきほどまで、屋敷うちは潮のにおいで磯くさいばかりだったのが、いつのほどにかその匂いが薄れはじめているのである。

「退汐《ひきしお》か。おっつけ夜が明けるだろう。なんのことはない。まるで一晩じゅう夜番をしたようなものだ。今夜のところは、おとなしくひくが勝ちかもしれない」

音次郎は、木の葉がくれにゴソゴソと茶室の方角へ這いはじめた。茶室の裏側に低い築地塀《ついじべい》があり、泥棒にはかっこうの退出口になっていた。塀の根もとまでくると、杉苔《すぎごけ》が地を蔽い、鼻腔を刺すようなどくだみのにおいがする。そのどくだみの茂みの中で、ひょいと顔をあげた。立とうとしたとき、全身から血の気がひいた。突如、頭のうえから、低い声がふってきたのである。からだがふるえた。思わず肛門の筋肉がゆるんでこらえていたものが洩れた。

「お前《ま》はん。江戸屋はんかえ」

「な、なんだって」

音次郎はとっさに立ち直って、ふところの匕首《あいくち》のつかを握った。

顔は、築地塀の屋根瓦のうえに載っていた。満月のように丸く大きく、しかも、眼も鼻もなくふわふわと闇に浮んでみえた。

「お、お前はだれだ」

「わいかえ。わいも同業や」

ニヤリと笑ったらしい。

「もっと、顔を見せろ」

「こうか」

顔は、屋根の勾配をズルリとすべって、音次郎のほうへ近づいた。思いきってその顔をさわってみた。眼が小さくて、眼尻が垂れている。下唇が、よだれで濡れていた。

「見たことのねえ顔だ。俺は江戸を食いつめて二年前に大坂にやってきたが、大坂三郷、京、堺《さかい》の仲間のうちじゃ、江戸屋音次郎といえばいっぱしの仕事師で知れている。俺の知らねえ盗人ならもぐりだろう。出生《でしょう》はどこだ」

「言うてもわかるまい」

「名乗りぐらいはあるだろう」

「行者玄達《ぎょうじゃげんたつ》」

「ひえッ。お前が、ほんとに、あの、玄達か」

「念者なお人やな」

玄達は笑った。

「行者玄達と言や『浪華下鏡《なにわしたかがみ》』の番付にまで出ている盗賊だ。うたぐってすまねえが、同業でありながら、こうして顔を拝むのははじめてなんだ。気をわるくしねえでくれ」

「大盗《だいとう》ハ隠者《いんじや》ニ似タリと言ってな。真の盗賊というものは、市井に隠れて、生涯だれにも気付かれずにおわる。——お前はんのように、いかにも盗人でございという面《つら》付《つき》をして、ちょろちょろ市井を走りまわっているようでは、まだ鼠賊や。だいいち、その風体が気に食わん。その盗人かぶり……」

と言いかけて、玄達は、ゆっくり塀をまたいで、江戸屋音次郎のそばに降りてきた。背は五尺五寸ばかり、肩にずっしりと肉が実《みの》り、髪は、総髪に垂らした後ろを無造作に銀の糸でたばね、紺無地の着流しに同色の夏羽織といった、近頃はやりの町人儒者の風体に作っている。

「まるで絵にかいたような盗人やないか。それで沈丁の繁みの下をゴソゴソ這ってる恰好は、泥棒を売ってあるいてるようなもんやな」

「はばかりながら、火事と盗人は江戸が本場だぜ。俺はこれでも、江戸じゃ、南北お奉行の与力同心手先捕手《とつて》のはしまでだれ知らねえ者のなかった名人音次郎だ。大坂を荒らしはじめてわずか二年だが、それでも大坂盗人の連中から、江戸屋の兄い、名人音なんぞと立てられているのも、腕がいいからだ。この風体がどうしたという。泥棒にゃ泥棒の風体ってものがある。他人様に見せるためのもんじゃねえ。見られねえための風体だ」

「出掛けにあぶらげでも食うてきたか。よう舌が廻るわ。とにかく、わいは、お前はんに会いにきた。今夜あたりはこの屋敷やろと思うて、待っていた。――実はな、泥棒を廃業しようと思うている。故里《くに》に帰らねばならん事柄が出来《しゆつたい》したンでな。そこで、貴方《あん》さんの持物のなかで、わいが故里へ持って帰りたい物がある。どうや、このわいに呉れまいか」

「………」

「どや」

じわりと、玄達が一歩進んで、背の低い音次郎の肩を、掌で舐《な》めるように撫でた。

音次郎は、顔をしかめながら飛びさがって、

「きもちのわるいやつだ。なんだか知らねえが、呉れとはなにごとだ。盗人たあな、五体そろって堅気に就かず盗み稼業をしているのは、おのれが人一倍強慾《ごうよく》だからだ。他人様の物がやたらと欲しい、摑んだ物は離さねえ、そういうのが盗人の性分だ。お前も泥棒ならそのくれえのことは承知だろう。その俺の物を寄越せとは何ごとだ。ほしいなら欲しいで、泥棒らしく筋道をたてて盗れアいい。庭のチリ一つやらねえぞ」

「庭？　お前はんの家に庭があるかえ。家は、日本橋を南へ越えた毘沙門裏《びしやもんうら》の撞木長《しゆもくなが》

屋《や》で、娑婆《しやば》での名乗りは紐屋音兵衛。信州真田《さなだ》で打紐を仕入れてきては、京、大坂、堺に売りあるくというのが、表向きのお前はんの商売や。ちがうか」

「ど、どうして、それを知っている」

「知らいでかいな。お前はん家《ち》の壁ひとつ隣りに、ちかごろ平野方面から引越してきたとゆうてソバを配った易者が居よるやろ」

「うむ。俺も一度会った」

「あれが、わいや」

「げえッ」

二

「お蝶。ちょっと、こっちへ来い」

その翌日、音次郎は陽が高くなるまで床のなかでうとうとしていた。暁方に帰ってきてお蝶の横へもぐりこんだのだが、眼をふさげばあの顔が出てくる。眠りにおちてからも、あの紅ほおずきに眼鼻をつけたような無気味な顔の夢ばかりみた。

「お蝶。いねえのか」

「うるさい」

お蝶は、台所で新香をきざんでいたが、じゃけんに振りむいた。美人とはいえないが、小肥りで、べにをささない唇が小動物のように肉付き、白い脂肪《しぼう》が、くれた二重あごから滴《したた》っている。何事につけても慾のつよい性分らしい。

「なんやねん。お蝶お蝶と、朝っぱらから雑喉場《ざこば》のせりみたいに呼びくさって」

「お前、となりの易者を知ってるか」

「猿田彦《さるたひこ》かい」

「猿田彦？」

「頼《たよ》ンない男やな。猿田彦も知らんのか。絵草紙《えぞうし》によう描いたアる眼の大きな、顔の真赤な神さんのこっちゃ。あの易者は天観堂《てんかんどう》というそうやけど、長屋の者は猿田彦で済ましている」

「いつも家に居るか」

「お前、まさか侵入《はい》るつもりやないやろな。なんぼシケやちゅうても、隣へ侵入られては、ワテが近所交際《づきあい》でけへんようになるさかいな」

「大きな声で言うな。仕事で訊いてるんじゃねえ」

「あたりまえや。そうやたらと、近所合壁《きんじょがっぺき》に言い散らされてたまるもんか」

「お前、もう少し、女らしく言ったらどうだ」

「フン。女子《おなご》が男に愛嬌ふりまくのは、男のほうにそれだけの値打がある場合や。ただ当てなしに愛嬌を振りまいてるのは阿呆か気違いやでえ」

「ではなにか、この俺には、愛嬌よくするだけの値うちがねえというのか」

「ヘッ、値打という顔かい。よく考えてみ。夏場に入ってここ一ト月というもんは、お前はんが食べてるご飯もおカズも、みんなワテが天満のこうらい亭の仲居をしていたときに稼ぎためた銭から買うたもんや。ほんまに、夕凪《ゆうなぎ》やシケやと言うばかりで、お前はんはどれだけの銭を家へ入れたかい。それで亭主といえるかい。亭主とはな、女房を飼《こ》うて養うてるお人のことを言うねや。ワテは、なにも、泥棒いっぴき、ただで養うために五ヵ月前にこの家へ来たンとちがいまッせ。お前はんが頭をさげて、どうぞ嫁はんになっとくンなはれと頼むさかい来てやった。それも最初は信州の真田紐を商うひも屋やとばかり思うていたら、なんと江戸屋音次郎という名のついた泥棒やそうやないか。まあ、泥棒でもええ。銭もって帰りゃええ。そう思うていたら、銭も持って帰りくさらん。そんな男に、一人前の女子《おなご》が愛嬌ふりまけまッかいな」

「時期《とき》だ。時期がわるい」

「へえ、盗人にも鮎みたいにシュンがあるンかい」

「とにかく、俺のきいてえのは、あの天観堂の事だ。あいつは、いつも在宅か」

「旅易者やさかいな。月のうちの半分は旅に出ていやはる」

「そうだろう。そうと思っていた。俺の信州真田のようなものだ。留守のときは、あいつの本当のしょうべえをしてやがるんだ。あいつは泥棒だぜ。泥棒も泥棒、浪華下《なにわした》鏡《かがみ》という草紙に、泥棒番付の横綱につけだされているような大泥棒だ」

「へえ、泥棒の番付まであるの？」

「ある。誰が版元になっているのかさっぱりわからねえ本だが、毎年正月に出る。長者番付から大工左官かざり職といった職人番付にばくち打ちの番付、掏摸《ちぼ》の番付、剣《けん》術《じゅつ》使《つけい》の番付、相場師の番付、それに大坂じゅうの泥棒の番付まである」

「お前はんは？」

「俺アまだ大坂に来たばかりだから、一回しか載らねえ。それでも最初《しょて》から張出しの大関だ。町方同心あたりに訊きやがったんだろう。実力は横綱って所だがね」

「阿呆らし。横綱とはお前はん、強いばかりではあきまへんで。人柄貫禄がそなわらんとな。そこへゆくと、猿田彦はんはちがいまッせ。播くもんを播いたはる。旅から帰って来やはるとな、ばらばらッと、この十二軒長屋のこらずに土産もんを呉れはってな。柏餅の包み一つでも、包みの中にこっそり一朱銀が入ったアる」

「ちぇッ、キザなことをするやつだ」

「そのために、たとえあの方が泥棒とわかっても、この撞木長屋には奉行所に許《さ》すような恩知らずはおらんはずや」

「義賊か。きざなやつだ。泥棒は泥棒らしく、おのれの強欲を満たしてれアいいんだ」

言いながら、音次郎は床をぬけだして卓袱《ちゃぶ》台《だい》のそばへにじり寄り、蒲鉾《かまぼこ》をひときれつまんで口に入れた。

「うめえ、これア、上等だな」

「江戸の泥棒に食わすのには惜しすぎるでえ」

「へらず口を叩きやがる」

「へらず口はそっちのコッちゃ。さっきあれほどお隣りの悪口を言うたくせに、その蒲鉾どこから来たと思いなはる。まさか板に載って泳いできたンとちがいまッせ。となりの猿田彦はんが、おとどい、みやげに呉れはったものや」

「ペッ、あいつのか」

「そこのご飯も」

「なに」

「蒲鉾に添えてあった小粒でお米を買うて、焚いたもんや」

「ば、ばかやろう。贅六盗人《ぜいろくぬすっと》が施餓鬼《せがき》した食物《くいもの》を、江戸屋音次郎ともあろう者が食えると思うかい。盗人はしていても、乞食をした覚えはねえ。阿魔あ、この俺を見損やがったか」

お蝶がアッというまに、音次郎はすゝねで卓袱台をひっくり返し、三和土《たたき》へとびおりて足で雪駄をすくいあげると、ガラリと格子を開けて外へとびだした。

「うッ」

音次郎は、つゝまゝ先で棒立ちになった。猿田彦天観堂こと、行者玄達が、とびだした音次郎の胸先に立っていたのである。玄達は小柄な音次郎の両肩を、さもなつかしげに撫でて、

「飯を食わんと腹が減るでえ」

「………………」

「どや。なかへ入ろうか」

力んでいる音次郎を、抱えるようにして格子の中へ入れた。お蝶は融けそうな愛想笑いをつくって、蒲鉾の礼を言った。音次郎は唾《つば》を吐いて、

「この蒲鉾義賊め」

玄達はとりあわず、ふところから二十五両《きりもち》を二つ取りだすと、無造作にけば畳のうえにころがして、

「お蝶はん。これは江戸屋はんのゆうべの働き分や」

「なんだ、それア」

金をみると、音次郎の眼がねずみのように光った。

「天王寺屋の今橋寮は、まあ、二人で侵入ったようなもンやさかいな」

「え。お前、あの夕凪《ゆうなぎ》の時刻に。——ほんとに侵入ったのか」

「ああ、侵入ったな。自慢するほどのコッちゃない。わしには夕凪も嵐もあらへんのや。お前はんどもの偸盗術《ちゅうとうじゅつ》は、身の強慾から出ているさかい人の気配や天候などの外の動きが気になる。気になれば、それに影響される。わしの偸盗術は、いわば、虚心や。財がほしゅうて賊を働くのではなく、泥棒をしたいがために泥棒をしている。泥棒をしたいと思う気持は、時と所をかまわず慄《ふる》えをおびて体を襲う。ふるえがくればば、わし自身でさえ気付かぬまに他人の屋敷に侵入っている。そういうときは、わしの身も心もすでに大気に溶けているらしく、人が前を通ってもふしぎと気付かれない。今橋寮のときもそうや」

「法螺《ほら》を吹くな」

「極意を教えてやってるのや。法螺でない証拠に、ここに皮財布がある。見覚えがあるか」

と、玄達は、懐ろから手を出して、甲州印伝《こうしゅういんでん》の鹿皮財布を見せた。音次郎は、あッとおどろいて自分の懐ろを探り、真青になった。

「あははは、さきほどまでお前はんの懐ろにあった財布や。肩を撫でるとみせかけて頂戴した。財布は返してやるが、中身のビタ十六文はわいが盗ったもンや。作法によって収めさせてもらう。悪う思いなや」

玄達はとぼけた顔で、下唇のよだれを拭いた。

(行者玄達や江戸屋音次郎が、大坂の市井で活躍したのは、享保の末年である。享保十七年発兌《はつだ》の『浪華下鏡』にその行状のあらましが出ているが、かれらはついにつかまらなかったから、記録もうわさの域を出ない。捕らなかったといえば、ただ一度だけ音次郎が、享保十五年八月、高津宮《こうづのみや》の梅の古木の下で、東町奉行同心定町廻役平野源八の手先うどん屋又八という目明しに怪しまれて、捕縄を受けている。「このとき行者玄達というものがあらわれて捕物のじゃまをし、そのすきに音次郎は逃げた」とあるが、玄達の故郷大和地方の口碑《こうひ》によると、目明しへ腕立てしたわけでもなさそうで、ありようは、通りがかりの町人風を装って、うどん屋又八に多額の金を握らせて音次郎の縄を解かしたものらしい。

といって、行者玄達が非力な男であったというわけではなく、大坂の言い伝えによると、夢想流杖術の達人で、六尺の金剛杖を親指と人さし指のあいだに挟んで頭上にふりまわすと杖のかたちも見えなかったというし、杖を手もとにひいたときは一尺の棒に化し、繰りだせば三間柄《げんえ》の槍のようにみえたという。しかし、そういう不粋《ぶすい》のわざを、町人文化のはなやかであったころの大坂の町なかで用いたというハナシは見あたらない。

それよりも「浪華下鏡」によると、名人音次郎といわれた盗賊江戸屋は、大坂城の蔵におさめられていた名刀「火切《ひき》り国友《くにとも》」を盗みだして、大盗玄達の鼻をあかしたという話のほうがおもしろい）

じつをいえば、音次郎は、業を煮《に》やしたのだ。金や蒲鉾をめぐんでもらったり、目明しの不審訊問にひっかかったところを助けてもらったりして、ことごとに音次郎の自尊心を傷つけることばかりがつづいた。そのつど、音次郎は、

「ふん。おれア、恩に着ないよ」

と、毒づいた。音次郎の泥棒気質《かたぎ》からすれば、そういう義賊ぶった玄達の性根が、不潔で嫌味ったらしくみえたのであろう。名人といわれた彼の自尊心がいちいち傷つ

きもした。ついに彼は、隣りの玄達の家へ駈けこんで行って、

「おい、仕合をしよう。どちらが盗人として腕があるか、キッパリ、仕合で決めよう。贅六流の妙な情ばかりをかけられちゃ、五臓六腑がベトついていけねえ。いいか。品を言え。大坂でいちばん盗みにくい物はなんだ」

「さあな」

「火切り国友はどうだ。知っているか」

「聞いている。国友は、栗田口《あわたぐち》鍛冶《かじ》の鼻祖《びそ》国家《くにいえ》の子で、後鳥羽の後門の番鍛冶《ばんかじ》になった男や。徳川の天下になってから最初の大坂城代には、内藤紀伊守信正《ないとうきいのかみのぶまさ》という譜代《ふだい》大名が任命されたが、この男が帯びていたのが、栗田口国友の二尺一寸二分の細身でな。——あるとき、城内に火事があった。火事が城代屋敷の軒のひさしまで及ぼうとしたとき、紀伊守信正は寝巻のままで起きてきて濡れ縁に立ちはだかり、小姓に持たせていた粟田口国友を抜きはなって、最初、えいと真向《まっこう》からふりおろし、ついで、やあとうと三段に呼吸を分けて斬った。するとふしぎや、火はそのまま三段に切れて天空に消え、屋敷にまでは及ばなんだという。紀伊守信正はそれを奇瑞《きずい》とて、辞任するときに大坂城にそれを残し、代々の城代のために城の火除けとしたというがホンマかいな。どうせ、大名屋敷の宿直部屋あたりで退屈しのぎに作りあげたホラ話やろ。

そんな刀が大坂城にあるかどうかもわからんな」

「あるとすれア、どこにある」

「城代屋敷の什器蔵《じゅうきぐら》やろな」

「よし。それに決めた。お前が盗むか俺がぬすむか、こいつあ、一番勝負だ」

「やくたいもあらへん」

「ふん。大坂城ときいて、おじけがさしたか。きめたぞ。せいぜい、ぬかるな」

音次郎は、それから三日後に、大坂城の内濠《うちぼり》の石垣のあいだに身をひそめていた。月はなかった。用意のわら一束を頭のうえにくくりつけて、そのままずるずると水中に身を没し、しずかに足をうごかして立泳いで行った。わらを頭にくくりつけたのは、万一龕灯《がんとう》を照らされたとき、一見、わらしべのみが浮游《ふゆう》しているようにみえるからである。

「へへ、ここらが素人と玄人のちがいだ。玄達にもこれほどの芸はなかろう」

江戸泥棒の音次郎にしてみれば、大坂城に忍び入ることは、そのまま大坂を征服したのと同じほどの満足感の得られる仕事だった。

城内の地理は、あらかじめ玄達に聞いてある。腹のたつことだったが、そういう知識にかけては、行者玄達はどこから仕入れてくるのか、ふしぎな造詣《ぞうけい》をもっていた。

音次郎は、煙硝庫の真下の石垣に手をかけて隙間に船釘をうちこんだ。船釘は、むかし忍者が使ったクナイの代用品で、長さは小一尺ほどもある。江戸時代の泥棒たちは、これを使って雨戸をこじあけたり、爪にして石垣をよじのぼったりした。

時の城代は永井直清という人物で、大和御所《やまとごぜ》五万石の領主である。大坂城代職は、大坂落城後元和五年以来、将軍の代理として城内に住み、西国大名を統率監視しつつ、東西両町奉行を指揮して市政をもうけもつ。たいていは五、六万石の譜代大名からえらばれ、赴任《ふにん》するときは、役にともなう特別手当一万石、引越金一万両、刀剣代金二十枚、馬一ぴき、時服二十とともに、将軍家の黒印を拝領し、この職を無事につとめた者は老中に進むのが慣例《かんれい》だった。

城代屋敷は、大手門から入って北側にある。西ノ丸からは南隣りにあたり、高い石垣をふまえて、そこからは大坂三郷はおろか、摂河泉の平野を一望に見おろせた。

最後の石を登りつめたのち、音次郎は砲塁《ほうるい》のくぼみに倒れて、しばらく黒い夜風に吹かれていたが、

「てへッ、これが天下の大坂城か。わらわせやがる」

大坂城も落ちぶれたものだ。大坂ノ役のとき、外濠さえうずめなければ百年の籠城に堪えうるといわれたこの金城湯池《きんじょうとうち》も、いまは泥棒一ぴきの出入さえ自由なのだ。

「この城で、西国大名の抑えにするとは、将軍もとんだ茶番さ」

人の寝しずまった深夜に天下を嘲ることができるのは、盗賊にのみ与えられた特権かもしれない。

「おや？」

音次郎は、とっさに身を平《ひ》らたくした。ついそばの煙硝庫のあたりで、人の気配がしたように思ったのである。十分ばかり息を殺していたが、やがてそれが錯覚であったことに気付くと、砲塁からやにわに身を剝がした。ひらひらとこうもりのように建物の闇を拾いつつ、屋敷の塀を越え、庭木の下を這い、やがて什器蔵と思われる蔵の戸口に貼りついたときは、音次郎は肚の底からうれしさがこみあげた。

「昼間の天下は将軍様かもしれねえ。夜の天下の主は、この俺だぜ」

錠前は、釘一本で苦もなく解《ほど》けた。中に入って用意の油紙包を開け、ろうそくをとりだして灯をつけた。さがすというほどもなく、粟田口国友はみつかった。

「玄達、ざまあみやがれ」

間違いはなかった。蔵の中央に刀箱が置かれ、その上に「火切り国友」と墨書《ぼくしょ》した紙きれが貼られてあったのである。

翌朝、例によって音次郎は、陽が高くなってから眼がさめた。枕ごしに箪笥の横をみると、暁方に帰ってきて置いたとおり、粟田口国友が、ずしりと重たげな影を黄色い畳の上に落していた。

「お蝶」

「なんや」

お蝶は、雑巾をすすぎながら、相変らず不機嫌そうにこちらをむいた。お蝶は相変らず生活費のことを考えている。が、音次郎は、お蝶の不機嫌を、このところ抱いてやらねえせいだ、と思った。女と男とは、つねにこういう生存理由の食いちがいがあるものだ。音次郎は、機嫌をとるように言った。

「どうだ、お蝶。あれは粟田口国友だぜ。俺は、となりの猿田彦野郎にみごと勝ったんだ。あれを見ろ」

「盗ってきたのか」

「そうだ。あの野郎大坂泥棒の横綱だなんて抜かしやがって、俺にかかっちゃ、手も足も出ねえじゃねえか。どうだ」

「なんぼがとこで売れるのや」

「なに」

「どれくらいの金目になると言うねや」

「金？　馬、馬鹿野郎。売るとはなんだ、売るとは。あれが売れると思ってるのか。これほどの天下の名器ともなれば、どんな素人の道具屋でもひと目みて出所がわかるもんだ。はい今日は、と持って行きゃ、その場で御用だ」

「へえ、するとなにか。お前は金にもならん物を盗ってきたのか」

「まあ、そうだ。しかし、そこが泥棒の冥利というもんでな。これを贅といってもいいや。仲間うちで誰、と立てられるようになりゃ、これだけの売れねえ名器の二つや三つは、箪笥の肥しにしていてもいいもんなんだぜ」

「あほとちがうか。ワテの銭でおまんま食べてながら、夜半《よさり》、お城まで行って遊び呆《ほう》けてくさる。泥棒なら泥棒らしく、ちゃんと金の枡で量れる物を盗ってきたらどうや」

「何を言やがる。女に男の気持がわかるかい。ふたこと目には金金と言やがって」

「ああ女は金や。世帯のやりくりは女の役目やさかいな。金さえ呉れとけば、亭主の顔が少々あばたでもいびつでも上機嫌なもんや」

「強慾者《ごうよくもん》」

「泥棒にそう言われてたら、世話ないわ」

「女は泥棒よりひでえや」

音次郎は、肚に据えかねて家をとびだした。ガラリととなりの格子をあけたのは、業《ごう》ッ腹な玄達ではあったが、こういうときは、男の気持をわかってくれると思ったのだろう。

「ああ江戸屋はんか。ようお越し」

「玄達。俺の勝だぜ」

「なにがや」

玄達は、遅昼の茶づけを食っている最中だった。

「何がって、火切り国友の一件だ」

「あれか。そら御苦労はんやった」

玄達は蕗《ふき》の佃煮《つくだに》にはしを伸ばしながら、

「めし、まだやろ」

「なぜ知っている」

「隣や。手にとるように聞えるがな。まあここで食うて行きなはれ。茶漬ぐらい振舞うても義賊ぶらんさかいな。さあ、おあがり」

そこが玄達のふしぎな人徳で、べつに皮肉を言っているわけでもなく、しんから親切ですすめているのが音次郎にもわかった。時が時だけに、ついホロリとなって、

「済まねえ。遠慮なしに頂こう」

泥棒ふたりが、卓袱台をはさんで仲よく茶づけを食いはじめた。

「ところで、玄達。おめえ先だって天王寺屋の今橋寮で会ったときに、ちかく大坂を引き払って故郷へ帰ると言っていたようだが、いつなんだ」

「五日ののちや。帰ればもう死ぬまで大坂の土は踏めんやろ。――急に父親が死んだもンやでな、後を継がんならん。……しかし、帰るまでにだいじな用事を仕遂《しと》げんと、家のしきいがまたげんのや」

「そのだいじの用てのは何なんだ。なんなら、こうなったよしみだ。俺が手伝ってやってもいい」

「おおきに」

「おめえにゃ、妙な訛《なまり》があるな」

「ああ、わしは大坂者ではない。さる所から出てきた。わしの家ではな、世を継ぐ者は、或る念願があって、一生に一度は江戸か大坂に出てくるしきたりになっている。わしの父玄徳の若いころは、江戸へ出た。祖父玄誓《げんせい》は京へ出たそうや。その先代玄海は堺へ出たという、とにかく、殷賑の町であればええのや」

「なるほどなあ。すると、やはり、この」

と音次郎は、右手の人さし指をカギ形にまげてみせ、

「親代々の盗人稼業なら、そのぐれえの腕があっても当然なわけだな」

「ちがう。泥棒はわしだけや。わしの泥棒もべつに稼業やない。道楽でやっている。わしの家は代々、子供のころから世とりの者は、杖、小具足、刀、忍の術をはじめ、木渡り、峰走《みねはし》りの術まで習わされる。わしもひとわたりのことは、父親の玄徳から学んだ。はじめて大坂の町へ出てきたときは、この世にはこれほどさまざまな品物があるのかとおどろいた。つい、無意識に手が出た。おもしろうなるままに、郷で習いおぼえた術を利用してひとの家へ忍び入った。盗んだ品がたまって置場所が無うなると、ひとまとめにして川へ海へ捨てに行った」

「も、もってえねえ。おめえの家はそんなに金持なのか」

「金はないが、持山なら、鳶が一日空を飛んでもとびきれんほどの広さはある」

「それほどの山持なら、日本一の金持じゃないか」

音次郎は、そこは盗人根性で、ひとごとながら声まで浮きうきしてきた。

「だから、どうだ。さっきお前が言った、仕残しの用事があるという一件。そいつを手伝わしてもらおうじゃねえか」

手伝えば、礼金が出ると思ったのだろう。

「ありがとう。それほど言うてくれるなら、手伝ってもらおう。――一件は盗みや。成功すれば、百両の礼金を出したい。なんなら、いま差しあげてもええ。江戸屋音次郎はんの腕をみせてもらいたい」

「腕なら、火切り国友でわかっているはずだ」

「ああ、あれはご苦労はん」

「何言ってやがる。おめえが勝負に負けたんだぜ」

「負けてへん」

「な、なんだって、うそと思うなら、ここへ持ってきてやる」

音次郎は血相をかえてとびだすと、すぐ刀と、火切り国友と書いた書付をもってきて、

「どうだ、これでもうそか」

「ああ、それはただの鈍刀《なまくら》や」

玄達は音次郎の手から刀をとりあげ、抜きはなつや、右膝にあててグイとへし曲げて、音次郎の顔をのぞきこんだ。

「これはな。大名が出陣のときに、荷駄《にだ》につめてゆく雑兵用の刀や。第一、火切り国友みたいな伝説がほんまにあると思うのが間違いや」

「し、しかし、ここに書付が……」

「はは、それはわしが書いた。せっかく音次郎はんが忍びこんでも、刀が見当らなんだらガッカリするやろと思うて、一足さきに行って書いておいた。うそやと思うなら、そのへんの紙きれに書いたアるわしの字と見くらべて貰うたらわかる。しかし、たとえやな、たとえ火切り国友が実在するとしてもやな、蔵の中にこれが火切り国友でございと貼紙《はりがみ》してあると思うか。道具屋の店先やあるまいし、そう思うことからして、そもそもあまい。江戸屋はんも、もう一ふんばりせんと、ええ泥棒になれんな」

三

「樟《くすのき》、だと言ったな」

音次郎は、松屋町筋から源聖寺坂《げんしょうじざか》へ上りながら、呟《つぶや》いた。江戸は市中に谷と崖と坂がふんだんにあるが、葦のしげる淀川の三角洲に発達した大坂の町は、そうした凹凸《おうとつ》にめぐまれていない。というより、二千年前は船場島之内は、海底であったとさえいわれる。その「大坂海」に島があったとすれば、それはいまの上町台だったろう。島の海岸線は、松屋町筋にあたる。潮が退いて大坂の土地がうまれ、人が住みついて、島松屋町筋は問屋町になり、島であった上町台は各宗各派の寺院が蝟集《いしゅう》して、俗に寺町とよばれるようになった。

源聖寺坂をのぼれば、死者の町である。築地塀のくずれから卵塔《らんとう》がのぞき、死霊を擁した本堂のいらかが、月もないのに暗闇の空へぶきみな薄光を放っている。寺々の森が梟《ふくろう》のかっこうのすみかになって、枝のあいだに無数にならんだ眼が、塀の根を這いすすんでゆく江戸屋音次郎のちいさな影を見つめおろしていた。

「玄達は、たしか、樟のある黄檗寺《おうばくでら》と言ったな」

音次郎は、寺と寺のあいだを、捨眼を使いながら歩いてゆく。すて眼というのは、この当時の泥棒が使った術で、瞳の中央で物体を見ず、瞳の両端で闇の中の物を見る。そのほうが物の輪郭がよくわかるらしい。

「あ、これか」

樟があった。葉が空を圧して繁り、枝が南へ指して重くのびていた。明朝風《みんちょうふう》の異風の門からして、ひと目で黄檗寺と知れた。寺の塀は風雨にくずれていたが、無住というほどでもない。

音次郎は、しばらく内部の気配をうかがっていたが、やがて、塀のくずれに足をかけた。本坊と中庭をへだてたところに、小御所風の学問所のような一棟の建物があるはずだった。そこに、女が寝ている。音次郎に課した玄達の頼みは、その女を盗みだすことなのだ。

「女を。——生きてるのかね」

玄達から聞かされたときに、音次郎は眼をまるくして訊きかえした。

「あたりまえや。女子《おなご》は、生きててこそ役にたつ。死骸なら盗人に頼まずに、かご屋に頼むがな」

「声を立てるだろうな」

「そこがお前はんの腕や。さるぐつわを噛ませようと、細引で手足をくくろうと、要は盗みだしてくれればええ」

「その女が、お前の念願の筋なのか」

「そういうコッちゃ」

「それは大仕事だ。俺も永いあいだ盗みはしてきたが、生きた人間を盗んだことはねえ。どうだろう、今夜はこちとらにとっても命の瀬戸を渡りにゆくんだ。差支えなけりゃ、お前の素姓と念願の筋を聴かしちゃくれめえか」

「洩らすまいな」

「石を抱かされても洩らさねえ」

玄達は、音次郎を柔かい眼でみつめてしばらくだまっていたが、やがて、

「お前はんは、役《えん》ノ行者《ぎょうじゃ》というお方を知っているか」

と言った。

「大和の鴨の人で、千数百年前の人や。わが国の仙道、修験道の開祖で、大和の葛城山、大峰山、飛騨の御岳《おんたけ》、駿河の富士などを開き、時の天子から、神変大菩薩のおくり名を受けられた」

玄達の語るところによると、その役ノ行者、俗名小角《ぞくみょうおづぬ》が、大和と河内の国境にそびえる信貴山《しぎさん》で修行をしていたとき、ひと組の夫婦の鬼をとらえた。鬼とは言いじょう、ありようは里方を荒らす山賊のたぐいだったのだろう。玄達は言う。

役ノ小角は、その後信貴山から大峰山に行き、山上の白い岩の上に立ったとき、これこそ即身成仏の適地ではないかと叫んだという。見わたせば、四方にかすむ吉野熊野の山並は、大峰山を蓮《はす》のうてなとすれば蓮の花びらにも似ている。小角は、熊野山塊のなかに小さな盆地をみつけ、ここに信貴山でとらえた夫婦の鬼を住まわせて、子々孫々までこの仏地を守るように命じた。

「この鬼がわしの先祖で、同時に山伏の元祖や。鬼は五人の子を生んだ。五軒の家は、千年のあいだに、二軒になった。一軒を南鬼《なんき》といい、他を北鬼《ほっき》という。わしは、

北鬼家の総領や。正しく名乗れば、北鬼玄達と申すわい」

　玄達は、舌を出して唇を濡《し》めらせ、

「この故によって紀州藩からも、わが家の所領には特別の加護をうけている。もっとも紀州藩も、もしこれを追っぱらえば、吉野熊野をはじめ全国の山伏が起ちあがって、蜂の巣をつついたような騒動になる」

「それと、女を盗むのとはどういう関係がある」

「江戸、大坂でこそ知らへんが、熊野周辺の大和、紀伊の連中は、熊野の奥の南鬼北鬼とはどんな所かはよく知ってるのや。猟師でも南鬼北鬼へ行く道がわからんという奥や。一たん入りこんだら、常人の足ではもう人の世には戻れまいといわれている。そんな山中に、大和、紀伊の娘ならどんな物好きでも嫁には行かんし、親もやらさんわい。これが問題や。女が来ねば、種が絶える。そこで、わしの家は、先祖代々、都へ出て遊蕩をすることが家憲になった。遊里に出入《でいり》して遊女と恋仲になり、十分蕩らしこんだあげく、落籍《ひか》して嫁にするゆえわしが田舎へゆかぬか、ともちかける。十に九つはふたつ返事でついてくるが、ついてきてからその田舎の正体がわかった所で、あとの祭り、女の足では再び浮世へ出られぬ仕組みになっている。わしはそのつもりで大坂の町へ出てきたが、女の美しさよりも、おびただしい品物に魅《ひ》かれて、つい盗みをすることに熱中した。これがわるかった。国許から何度も叱責の手紙がくるうちに、父親が死んだ。あわてて女探しを思いたったが、いまさら色恋のほうは何の手懸りもあらへん。やむなく泥棒は泥棒らしく女を盗みだすことを考えつき、かねて寺町の黄檗寺に、坊主の隠し女らしい眉目《みめ》のよいのが居たのを思いだして、その盗み出しをお前はんに頼んだわけや」

風が動いた。

雨気を帯びている。寺の境内の繁みにひそみながら、音次郎は黒い天を見あげた。風が樟の梢をかき鳴らし、やがて夏草の蔽った境内《けいだい》を吹きはらいはじめた。音次郎は黒いつむじに乗るもののけのように境内を走った。

本坊に、灯がひとつ見える。その裏側の離屋には、灯がなかった。

「ここだな」

雨戸は、苦もなくひらいた。廊下にあがると、部屋が二つあった。一つは茶室らしく、一つは居間のようだった。居間に女の息づかいがしていた。音次郎は、ガラリと障子をあけると、

「声をたてるな。為にならねえぞ」

泥棒はしても、押込みをした覚えがない。音次郎の声は、幾分ふるえていた。

女は、ふとんで顔を蔽ったらしかった。音次郎は、これで百両だと思った。百両が寝ているると思ったときに、彼の心にはじめて盗賊らしい実感が起きた。

「おとなしくしてるんだ。おれのするとおりになってりゃ、悪いようにはしねえ」

音次郎は、手さぐりでさるぐつわをはめた。手をしばり、足をしばった。両手をしばった細引を腰へまわそうとしたときに、手がはだけた女の皮膚に触れた。

「ほい、しまった」

音次郎は、あわてて手をひいた。筋目だった盗賊というものは、女に心を動かされはしない。

「しかし、なんだな。お前はきっと佳《い》い女だろうな。闇の中でもわかるんだ」

細引を締めながら、音次郎は言った。女はだまっていた。

「見なくても、俺くらいの稼ぎ人になりゃわかるんだぜ。この体の温みでね。唇の締った、色の白《しれ》え、佳い女にちげえねえ。なあに、安心しな。抱こうってんじゃねえ。抱くなら、こんな危ねえ場所で抱くより、帰ってゆっくり嬶《かか》あを抱きゃいいんだからな」

縛りおわると音次郎は、女の腰のくびれに両手をまわして肩へかつぎあげた。

「いいか、声をたてるんじゃねえよ」

風の音にまぎれて境内を走り、塀のくずれから路上へおりた。半丁走れば、源聖寺坂《ざか》がある。音次郎は、長、半、長、半、と腰の調子をとりながら、長い石段坂を降りた。

「やあ、ごくろはん」

北鬼玄達が、人気の絶えた松屋町筋の角に、駕籠をつれて待っていた。

「ついでや。駕籠の中へ入れてンか」

玄達は、ふところから重いふくさ包みをとり出して、

「そら、約束の百両。わしはこのままの足で故郷へ帰る。もう大坂の町も、今夜で見おさめや。お前はんとも、一生会うことはあるまい。からだを十分厭うてな、息災に暮らしとくなはれや」

「お前《めえ》も、水に気をつけて、達者に暮らしてくんねえ」

「できたら、音次郎はん。この際、その百両をもとでに、きっぱり稼業をやめて小商いでもしたらどうやろ」

「うむ、俺もそう考えていた。泥棒も若えうちだけのしょうべえだし、それに、こんどこそは自慢の鼻を折られた。上には上が居やがる、と思ったとたんにこの道を続けてゆく気おいが失せてしまった。しかしこの最後の女盗みだけは、やはり江戸屋音次

郎でなくちゃ出来ねえ仕事だったなあ。これで、お前との勝負は、五分五分てえところだろうな」

「では、息災に」

「ああ。あばよ」


翌朝、撞木長屋で音次郎が眼をさましたときは、いつものとおり、陽が高くなっていた。ふとんの中から手をのばして、枕もとの莨盆《たばこぼん》をさぐり寄せながら、いまごろは、玄達の奴、どの辺を走ってやがるだろう、と愚にもつかぬ思案をしていた。

(まだ河内路かな。いや、もうくらやみ峠を越えて、大和に入りやがったかもしれねえ。しかし、妙に懐しみの湧く野郎だったなあ……)

煙管にたばこを詰めたが、吐月峰《はいふき》の横をのぞくと、火がなかった。

「お蝶、火だ。火がねえよ」

呼んでいた音次郎が、ふと気づいて、がばと跳ねおきた。

「お蝶」

台所をのぞいたが、ねずみ一ぴき居ない。

江戸屋音次郎が、女房お蝶の逐電《ちくてん》を知ったのは、空釜の底に入れてあった書置きを見てからであった。

（もしや――）

と思って、隣の玄達の家へ駈けこんだ。経 机《きょうづくえ》の上に、一通の書状が置いてあった。一読してから、音次郎は、頭をかかえて、畳の上に仰向けざまに倒れた。そのまま、ぐるりとうつぶせになり、やがて、破れ障子がひびくほどに笑いだした。

（世話はねえ。手前の女房を手前の手で盗みだして、わざわざ泥棒の手に渡すなんざ、こいつぁ、古今未曾有《みぞう》の大笑いだ。苦情の持ちこみようがねえじゃねえか。負けた。負けたよ。あの大泥棒めに）

笑いながら、音次郎の眼にプッツリと涙がもりあがり、頬をつたって流れた。お蝶への未練もあり、負けた口惜しさもあった。それよりも、山へ帰って行った玄達へのふしぎな懐しみが、音次郎の心のシンをぬらしはじめていた。

大坂侍

一

何の用事だかよくわからないが、妹の衣絵《きぬえ》の言伝《ことづて》で、とにかく、帰れと言う。使いの極楽政《ごくらくまさ》に袖を引かれて、道頓堀の竹本座の前から同心町のお城長屋まで戻ってきた鳥居《とりい》又七《またしち》は、家の軒先で、妙な浪人者が立っているのを見た。眉間《みけん》の寸が詰まり、横びんに面ずれの痕《あと》がある。

「なんだ、あいつは」

又七は、政の耳もとで囁《ささや》くと、

「知りまへんか。天野《あまの》玄蕃《げんば》という悪《わる》だンがな。得《とく》になることなら、鼠《ねずみ》のむくろでも拾うて行こうという奴《やや》っちゃ」

「天満《てんま》の滝田町で、剣術の道場を開いているというのは、あの仁《じん》かね」

「仁という顔やあらしまへん。馬の腎《じん》みたいな面しとる。江戸からの流れ者で、大坂では剣術屋は流行《はや》らんとみえて、近頃は、黒門組の用心棒をしとるという噂だす。もう一つには、ちかごろ鴻池《こうのいけ》をはじめ金持を軒並みに荒らした御用盗の勤皇天狗党の首領やたら言う噂もある」

「人間というものは、噂の多いほど大人物だそうだ。父が申していた」

「相変らず呑気やなあ。その噂のなかには、あいつは鳥居又七を殺そうと思うて、毎日つけ狙うとるという噂もおまっせ」

「鳥居又七というのは、このおれの名だが」

「そう。そのとおり。十石三人扶持《ぶち》の川同心《かわどうしん》で、この政の幼な友達だンな。商場の大坂でこそ侍髷《まげ》はめずらしいが、江戸へ行きゃア味噌田楽《みそでんがく》でも二本串《ぐし》やという話や」

「口の悪いやつだ」

苦笑して、又七は格子戸に手をかけながら、ふと振返ると、すでに玄蕃の影はなかった。

(どうせ、黒門組から頼まれたんだろう)

くすッと、もう一度笑った。ここ二ヵ月のあいだに、又七は、黒門組の若衆を十人ばかり、川ッぷちからどぶ水のなかへぶちこんでいる。

「さあ、入ったり入ったり」

政は、ふざけて、又七の腰をうしろから押しこんだ。今日は又七の非番の日だった。道頓堀をほっつき歩いて芝居の絵看板をのぞき歩いてるのを、政が、又七の妹衣絵から頼まれて、呼びもどしに行った。衣絵の話では、病臥中の父が、何に興奮したのか、ひどく怒っているというのである。政は、ひょいと推量して、

（ひょっとすると、又はん、勘当されよるのとちがうやろか。喧嘩又という仇名があるほどの又はんやからな。まったく、ここ当分、喧嘩の花が咲きすぎたさかいなあ）

仔細《しさい》らしく長嘆した。そのくせ、いつも又七のあとに食っついて喧嘩の後押しをするのは政なのだ。

「へえ、嬢《いと》さん。お連れ申して参じましたでえ」

奥へ声をかけた。ばたばたと衣絵の足音がきこえて、

「まあ、お兄様、お早く」

「あわてるな。ご容態でも変ったのか」

「いいえ、ちがいます。お床の上に起きあがっていらっしゃいます。とても寝てなんか居られない、とおっしゃるのです」

「妙だな。妙な夢でもご覧になったのかね」

「ちがいます。行けばわかります。――それから、……あの、数馬様《かずまさま》が来ていらっしゃいますわ」

「なんだ。それで弾《はず》んだ頬ぺたをしてるんだな、こいつは」

「いいえ、大違い。たいへんなことが起ってるんです。——だけど、あのね」

と言いつつ、衣絵は、又七の袖をひいて、そっと囁いた。

「奥へ行ったら、お兄様は、又七が行きます、又七はどうせ喧嘩が好きなのです、数馬は柔弱ですから、お役に立ちませぬ。——そうおっしゃってくださいませね」

「なんだか知らないが、おれの喋《しゃべ》る台詞《せりふ》までできてるのか」

「いいえ、それは、お兄様の大事な妹よりのおねがい」

衣絵は、そのまま、台所へ駈けこんでしまった。又七は奥へ入ろうとして、ふと政のほうを振りむきながら、

「あの浪人者、ちょっと不用心だな。まだ町角に居やがるか、見張っていてくれないか。奥の用事が済んだら、事と次第によっては相手になってやってもいいんだ」

「へえ、承知しやした。しかし、喧嘩の話はさておいて、又はん、この極楽政にも、ちょっと相談事がおまンねけどなあ」

「わかってるよ。あの大和屋《やまとや》源右衛門の娘のことだろう。お前、出過ぎた橋渡しを頼まれてるそうだが、遊人は遊人らしく、路地裏で、びた銭ばくちでも打ってりゃいいんだ。言っておくが、あの話は当のおれア不承知だぞ」

「それじゃ、あんまり、お勢《せい》ちゃんが――」

「だまってろ」

又七は、むッと刀を右手に持ちかえ、奥の間のふすまのそばまで行って、ぴたりと坐った。政と話していたのとは違って、別人のような神妙さだった。

「又七、ただいま帰宅仕りました」

「おう、戻ったか。早う入れ」

入ってみると、父の弥兵衛の頭上に、ぎらりと白刃が垂れさがっている。

もっとも、又七は別に驚いた風もない。いつものことだ。弥兵衛は、寝るときには、天井の桟《さん》から木綿糸をつるし、その先に二尺一寸の抜身の大刀をぶら下げる。何かの拍子に糸でも切れれば、刀は垂直に落ちて、弥兵衛の体に刺さる。むろん、弥兵衛は死ぬわけである。

弥兵衛が若いころから、ずっと続けている自慢の精神鍛練法だ。生死《しょうじ》一如《にょ》の禅境《ぜんきょう》をひらくためだそうだが、五十年つづけて、まだ死んでいないのは、弥兵衛が布団を着ているからだろう。落ちたところで、わずか一尺。まさか、その勢いでは、布団を刺し通しはすまい。

「又七。数馬がこれに参っている」

弥兵衛は、あごで、布団わきに坐っている色白な若者を指した。又七とは従兄弟《いとこ》同士で、衣絵とは許嫁《いいなずけ》の間柄であり、家は代々具足方の同心を勤めている。いかにも大坂の地役人らしく、人は良さそうでも、あまり侍らしくはない。髷《まげ》さえつけかえれば、今日からでも酒屋の手代でも通りそうな優男《やさおとこ》だ。

「又七。数馬が、役目柄、大層な情報を聞きかじって来おった。いよいよ、天下に大乱がはじまるぞ。いつまでも、徳川が薩長のごとき土侍に仕てやられてはおらぬ。われわれ、はるか大坂の土地におるとはいえ、幕臣の末流に連なる者の、三百年の御恩に報い奉るときが、いよいよ参ったようじゃ」

弥兵衛は、興奮のあまり、蒼白の顔を、紫色にした。その様子をながめて、又七は呆ッ気にとられた。又七にすれば、勤皇倒幕なんぞという馬鹿騒ぎは、江戸か京の他人の世界のことだと思っていたのである。

この大坂の町は、町人の町だ。侍は居ても、人口三十五万の大都会に、幕府直属《ちょくぞく》の者がわずか二百人。——そのほとんどが、代々大坂地生えの侍で、自分が幕府の家臣だとも思っていない。半分町人化している。いわば骨の髄からのサラリーマンである。ひどいのになると、侍の薄給の身分を恥じて、子供を町家の丁稚《でっち》にやり、行くゆくは商人に育てようとしている者さえある。

町人の世界でも、侍や坊主をひっくるめて「禄取り」と言う。大商人などの次男坊で、頭の薄いのろまができると、親族会議をひらいて、

「禄取りでもさせるかあ」

と言う。親が金を出して売物に出ている侍の株を買い、生活の安定を計ってやるわけである。そういう侍ばかりだから、又七は役所に出仕《しゆっし》していても、天下国家の大事、武士道、侍の一分、などという物騒な話題はあまり出ない。まして、十五代将軍慶喜が、さきに上方滞留中、薩長などの勤皇勢力におどされて、ほうほうの体で江戸に逃げ帰り、ひたすら恭順《きょうじゅん》の意を表しているという悲報にすら憤慨する者もない。いわば、弥兵衛がいきまいている話は、大坂ではあまり流行《はや》らぬ話なのだ。だから、又七は言った、「旦那は」——旗本仲間では、将軍をそう呼ぶ、「天朝の仰有《おっしゃ》ることは何でもきく。徳川家は一切反抗しない、そう宣言なされたのではありませぬか。旦那がそう言っているかぎり、勝手に戦さが始まる道理がありませんでしょう」

これがわるかった。弥兵衛は、聞いて、膝をふるわせながら怒鳴った。天井の刀がぶらぶら揺れた。

「馬鹿者！　奥州六藩がある、六藩が。これが徳川の恩をわすれず、濠《ほり》を深うし、砦《とりで》を高うして、戦いの準備をしておるわ。それだのに、かんじんかなめの江戸の旗本御

家人が」

「いや、そのお旗本衆なら、旦那や幕閣の言いつけに叛《そむ》いて戦さはできる道理はありますまい。第一、いくら戦さがしたくても、命令がなければ軍陣は組織できないし、武器兵糧も集まりませぬよ」

「ちがう違う。数馬が聞きかじって来おった情報は違う。命令がないゆえ、志ある者が徒党を組み、家伝来の槍刀を持ち寄り、小人数ながらも、徳川にも武士は居るぞ、という悲痛な戦さを始めようという情報じゃ。これには、江戸上野の輪王寺《りんのうじ》の宮様も動いてござるという。のう、数馬そうであったな」

「へえ」

数馬は、情けなさそうな返事をした。この情報が、ここまでこの伯父を刺激するとは、思いも寄らなかったのだ。弥兵衛は、そんな数馬の様子には眼もくれず、胴間声を一段と張りあげ、

「その名は、義を彰《あら》わす、彰義隊」

又七も数馬も、ばかばかしくなって、

「なるほどねえ。忠義の、義か。——」

「又七、征《ゆ》くんじゃ。父弥兵衛は病身ゆえ、二人分の働きをなし、鳥居家の家名をあ

げい。鳥居家は、そもそも天正のみぎり、長篠城《ながしのじょう》が武田勢に囲まれた折、城を脱出して家康様《ごんげんさま》に籠城の様子を報じ、帰路武田勢に捕わるるや、磔《はりつけ》にされながらも城中の味方に、いまに援軍が来るぞ、元気を出して戦え、と大声叱呼した鳥居強右衛門《とりいすねえもん》様の直系の子孫であるわ。大坂の地に、与力六十騎、同心百人がいるとはいえ、ほとんどが摂津居付の侍か、町人あがりの素姓もない商《あきな》い侍ばかり。わが家は、わしの代になって、親類の罪に連坐《れんざ》し、遠流《おんる》同様、このような土地の同心に為り下ったものの、三河以来の譜代の徳川の臣といえば、大坂ではこの鳥居家のほかにないぞ。第一、そちは本所生れの江戸育ちじゃ。その証拠に、大坂侍どものなかで、江戸弁を使うているのは、そち一人しかない。この数馬などは、——これ、数馬」

「へえ、何だす」

「それ見い。町人とのけじめもつかぬ大坂口跡《こうせき》の侍じゃ。数馬の家の本家は、信濃橋の高麗屋《こうらいや》という金物問屋でな。これの父の代に、松沢家という同心株が売りに出たのを、三百両で買《こ》うて侍になった。悪い男ではないが、こういう者と、鳥居の家を継いだそちと、同じような料簡《りょうけん》では、世は立つまいぞ」

「しかし、数馬も私も、同じ十石三人扶持《ぶち》ですよ」

「法楽をいえ。侍は、石高ではない。体の中に流れている血じゃ。まさか、そちは、この大坂の町人風儀に毒されているのではあるまいな」

「しかし、行くと言っても、東海道、中仙道は、薩長土肥の段袋兵で一杯ですぜ」

「船がある。安治川《あじかわ》から日に何艘《なんそう》となく江戸くだりの商い船が出ている」

「路用の金が要《い》ります。父上の貯えを少々融通ねがえますか」

「阿呆《あほ》。そんなものは無いわい。そこを何とかするのが侍じゃ」

弥兵衛は、さすが永く大坂になずんだだけに、金のことはしぶかった。又七はその急所を知っているからシメタと思った。この話は、これでうやむやになったと思ったのである。いくら、烈士鳥居強右衛門の子孫だからといって、わずか十石三人扶持の身分では、江戸の戦場までの路用などは及びもつかないし、裏返していえば、所詮《しょせん》それほどの忠義をもともと徳川家も期待していなかった理屈にもなるわけである。そう思うと、又七は、弥兵衛のひとり力《りき》みを可笑《おか》しくもあり、気の毒にもなって、

「まあ、考えてみましょう。先決は、なんといっても金を作ることですからね」

と、慰めるような口調で父の部屋を出た。どうせ、又七の本心では、彰義隊だか何だかしらないが、そんな夢か仁輪加《にわか》みたような戦さばなしに乗る気持は毛頭なかった。

二

「てへえッ、寒い。又旦那、やっぱり、二月堂《にがつどう》のお水取が済まんことにゃ、春は来まへんなあ。ほんまにいつまでも糞寒《くそ》いこっちゃ」

その翌日、政は、又七と幽霊橋を渡りながら、指先で鼻水をしきりとはじいていた。この男の指は、いわゆるヘラ手というやつで、シャモジのように先がふくらんでいる。政と又七とは同じ町内の裏表で育った幼《おさ》な馴染《なじみ》だが、政は子供のころ船場の呉服屋に丁稚《でっち》にやられて、しかも即日帰されてきた。送り届けた番頭がこう言ったそうだ。「この子は、ヘラ手だす。ヘラ手は底抜けに人が好《え》え代りに、底ぬけに怠け者だす。まあ、あきんどにせん方がええ。お店も損やし、本人も一生つらいやろ」

政は、その日から、子供心にも、働かずに一生過ごそうというサトリをひらいた。働かずに食う秘訣は私利私欲を離れ、捨身になって人に好かれることだ。私欲を離れて、人が喜ぶ小回《こまわ》りの用を足しているうちに、小遣の一つもくれるようになる。方針が図に当って、天満の黄表紙長屋で案外気楽に世を送っているのだが、こんど頼まれた用件というのは、堀江の分限者《ぶげんしゃ》大和屋源右衛門の一人娘お勢の縁談なのである。

「なあに、又同心とは、子供の時からの兄弟分でっさかい、任しとくなはれ。なんとか橋を通しまっさ」「よう言うてくれた。そこを見込んだわけや」と、源右衛門は分限者らしくつややかな頰に微笑を浮べながら、「これは、ほんの前金や。縁談ができれば、もう十両差上げるさかいな」と二両の包み金をくれた。

幽霊橋を渡りきったあたりで、政の告白を聞いた又七はおどろいた。(おやじはおやじで、おれを彰義隊に売ろうとしやがるし、こいつはこいつで、たった二両で材木屋に売る話を決めて来やがったか――)

肚《はら》の中では可笑しくもあったが、手の方は、政の頰げたを思いきり張りとばしていた。

「馬鹿野郎。おれを誰だと思やがる。鳥居の家督を継いでいる歴とした侍だぞ。阿呆も休み休みいえ。大和屋風情の養子になれるとおもうか」

「あ、痛た」

頰を抑えた政も負けていず、

「それやから江戸ッ子は阿呆やといわれるんや。大坂ではな、又はん。人間は、着物《きりもん》ぬいで、垢《あか》洗うた目方で量るんや。洗うてみたら、又はんなんぞは、たった十石三人扶持の目方やないか」

「目方は軽くても、士農工商の上にいる」

「逆や逆や。大坂三郷なら、商工農士と言うわいな。江戸や田舎と同じに、二本差しは威張れるもんと思うたら大きな間違いやでえ。――それに又はん、あんたは、あの大和屋の嬢《とう》はんが大好きやろ。どや。本心やろ」

「…………」

問い詰められて、又七は柄にもなく赤くなった。

お勢との間には、いきさつがある。一月二十一日の初大師のときである。参詣人で賑《にぎ》わう四天王寺の境内で、手代一人丁稚二人を連れて、境内の亀ノ池のあたりを歩いていた町家の娘に、土地《ところ》を仕切っている黒門組の遊人《くすぶり》四、五人が絡《から》んできた。

「ようも踏みくさったな、われや」

と、遊び人がやにわに娘の胸を突き倒し、股まで刺青《いれずみ》の入った足で、うしろの手代の腰を蹴りあげた。どうせ、堀江の大和屋の家の者と知ってのことだ。「下駄外し」と言って、踏まれた足をタネにいくらかにしようという彼等の常套《じょうとう》なのだ。ところが、娘一行の難渋《なんじゅう》に見兼ねたのだろう。

「待て」

と、仲を割って入った男がある。羅紗《ラシャ》の羽織に唐桟《とうざん》の着流し、というだけでも身分職業の知れぬ異様ないでたちだが、大きな頭に宗匠頭巾をかぶり、何のまじないか、大小をだらしなく腰にたばさんでいた。武士とも見えず、医者ともみえず、商人とも見えない。

「おのれは何や。邪魔をさらす気かい」

「まあ、そう怒らんとわしに任しときイな」

その異様な武士は、自分の背中で娘たちをかばいながら、

「何ボで話をつける」

と、指で丸をつくった。

「おう、こら、なかなか話の判ったオッサンや、薬代十両で堪忍《かに》したろかい」

「そら、高い。もっと負けて貰わんとどもならん」

「八両でどうや。この先や負からんで。一体、オッサンの心積りはナンボや」

「二分や」

「阿呆たれ。人を五郎八《ごろはち》にさらすンか」

いきなり、遊び人の一人が、武士の頬げたを殴った。グシャリと音がした。

(これはいかん)

群衆の中で見ていたのは、又七であった。羅紗羽織の宗匠頭巾がしゃしゃり出てき

たときから、はらはらしていたのだ。この人物は、毘沙門《びしやもん》裏にながく住み、いまでは少しは大坂で名の知れた気儘人《きままにん》で、かつての職業は剣術使いだった。うそではない。当の又七が少年の頃剣術の手ほどきを受けたことのある和尚（芸事の師匠《ししよう》の意）なのである。

「あっ、痛いやないか」

玄軒先生は、真赤になった。腹を立てているのではなく、身の弱さを恥じているのだろう。

玄軒の渡辺家は、大坂町人のなかでも名族の一つで、遠くは摂津源氏の渡辺党より発し、支族は多くわかれて、それぞれ大坂の大地主になっている。そういう関係で、毘沙門渡辺《びしやもんわたなべ》の玄軒先生も町人ながら苗字帯刀《みようじたいとう》をゆるされていた。

剣術使いになったのは、剣術が上手だったからではなく、剣術が底抜けに好きだったからだが、好きなあまり、剣術の免許皆伝の印可を金で買った。売ったのは、生田流というあまり聞いたこともない流派の剣客で、一心寺の寺侍をしていた男である。

金があるから、屋敷の中に道場を開く。その道場に七つの時に又七は入れられたが、十歳を過ぎたころには、玄軒先生は、又七の竹刀に殴られてばかりいた。とうと う音をあげて、

「こら、どもならん。子供に殴《どづ》かれるようでは店が持たん」

と、又七を天満《てんま》の北辰一刀流の道場主のところへあずけ、自分は道場を畳《たた》んで、

「これからは洋学の世や」

と、中年から緒方洪庵塾《おがたこうあんじゆく》に入った。後の福沢諭吉や、長州藩の大村益次郎などとは同門の間柄だが、一向に横文字一つ覚えられず、兄弟子から冷かされると、

「いやア、剣術をやっていたために、頭を殴かれすぎましてなあ」

と頭をかく。大坂では、こういう、世を茶にして送っている人物を気儘人と名づけて、異様に尊敬される。儲け仕事にあくせくしている商人たちの、いわば理想像なのだろう。

いくら気儘人でも、遊び人にかかってはかなわない。おろおろしているうちに、袋叩きの目にあいそうになったから、たまりかねて又七が飛びだした。これは正規の武士だ。それに腕はある。面籠手《めんこて》を着けたら、大坂三郷で鳥居又七にかなうものはいないというのが当時の大坂での定評だった。

又七は、雪駄をぬいで、右手に持った。あまり武士らしい喧嘩法ではないが、この方では子供の頃から実地の鍛《きた》えがある。雪駄は、上から殴らず、すくいあげて頤《あご》をねらうものだ。またたくまに五、六人を殴り伏せて、そのうちの二人を亀ノ池に投げこ

えもんか、とっくり、そこらの亀と相談してみなはれ」

「どうじゃ。わかったか。この仁は、わしの弟子やぞ、これからもわしと喧嘩してえんだ。


池のふちから、どなったのは、又七ではなく、和尚の玄軒先生である。

このときの娘が、お勢だった。

「まあ、雪駄が――」

なるほど、真二つに割れていた。お勢はいかにも町の娘らしくキビキビと動いて、手代に利休《りきゆう》をぬがせ、自分でそれを又七の足の下に持って行った。その上、泥だらけの又七の足を懐紙で丹念に拭《ふ》きはじめた。

「いいですよ、こんな足」

「いいえ」

お勢は、かぶりを振った。

足を拭われながら、ボンヤリ、五重塔の上を飛ぶ夫婦の鳩をながめていた。土不踏《つちふまず》から奇妙な感触が又七の背筋に伝わってくる。不意に、この群衆の中で、又七は孤独を感じた。いや、お勢と自分きりが、この地上にいるような感がした。お勢という娘が持って生れている温かい血が、足を通して、ひたひたと又七の体中の血のなかに滲み入ってくるように思えた。

そのとき、群衆の中の囁きが耳に飛びこんできて、ハッと我に還った。

「侍風情《ふぜい》が、堀江の大和屋はんの娘はんに足を拭かすなんて、えらい景色《けしょく》やなあ」

そうきこえた。又七は、カッと血がのぼった。これは、江戸や諸国の侍には、およそ理解もできぬ屈辱感であった。又七自身、知らず知らずのうちに大坂の価値の基準になずんで、十石三人扶持よりも万両分限の町人のほうが上だという観念を、心のどこかで持っていたからである。事実、大坂の鴻池《こうのいけ》の番頭に、天下の諸侯の頭が上らなくなっている時代だった。

「もう、結構です」

お勢に言って、又七は、邪慳《じゃけん》に足を動かした。又七の足許《あしもと》にかがんでいたお勢が、驚いて瞳をあげた。その瞳が、焦げつくように、いまも又七の心に残っている。

又七は、玄軒にも声をかけず、振りむきもせずに、西門のほうへむかって、石畳の路を歩きはじめた。背につけた抱丁子《だきちょうじ》の家紋が、落した肩にふと皺《しわ》ばんでみえた。

その抱丁子の背中へ、亀ノ池から這いあがってきた黒門組の者が、逃げ腰で声をかけた。

「おンどれ、川同心。おぼえてくされ。この仕返《しかえ》しは、きっとさして貰うさかいな」

「ああ、覚えているよ」

又七は振返って気のない表情《かおつき》で返事をした。喧嘩ばやいくせに、一つ、気勢を挫《くじ》かれると、ヘタヘタと弱気になってしまうところが、又七にある。いつか、極楽政がそれを評して、江戸生れの悪いところだと言ったが、威勢はよくても、シンは気の弱い、お人好しなのである。

ここで、又七の役目である同心というものに触れておこう。

右門捕物帖の右門も江戸の同心だが、あれは定町回役《じょうまちまわりやく》という警察官で、又七とは違う。鳥居又七は、正称は川方同心で、与力の下にあって大坂の川を管理している。川浚《さら》えの工事監督や、川の運輸が主な仕事であるが、川といっても、大坂は多い。川船も、この当時では六千五百艘のおびただしさにのぼっていたから、彼の仕事は結構いそがしかった。

こうした川同心のほかに、奉行のハンコをあずかる極印方《ごくいんかた》や、金勘定専門の金役、土木関係の石役、貿易の監督事務をとる唐物などの同心がいたが、いずれも一手捕縄に縁がうすい。

自然、大坂の町人たちは、又七たちを、いまでいえば区役所の書記ほどにも見ていなかった。だから、お勢と手代が堀江へ飛んで帰ってきて、今日のいきさつを源右衛

門に話したときも、源右衛門は、

「ああ、あの又七ッつぁんか」

と、親しげに膝を打ったのも、無理はなかった。川同心は、一面からいえば、川筋の大旦那衆に対する公僕でもあったからだ。まして、大和屋は、吉野熊野の材木を川で運んで、大坂で捌《さば》く商売である。川べりの繋《つな》ぎ筏《いかだ》にヒョイと乗って、川の深さを測っている日常の又七の姿をよく知っている。

川は泥で浅くなる。浅いと船が通らないから、毎年のように泥を浚えていなければならなかった。この経費は源右衛門ら町人が分担するのだが、冥加金の集まり工合を督促したり、工事を督促したりするのは、武士である又七の役目であった。

「あの又七ッつぁんなら、わしは馴染《なじみ》や。川筋に来ても、よく働くお人でな。あれだけキビキビ働く人は、侍連中のなかでも、まあ無いやろ。――惜しい人や」

「なぜ?」

「商人にしたら、よう儲かるやろ、という意味や」

「ふうん……」

お勢は、切れ勾配《こうばい》のいい男眉をちょっと寄せて、小首をかしげていたが、やがて、クルリと瞳を動かすと、

「そんなら、……」

「なんや」

「厭や。――よう言わん」

「阿呆かいな。そんなら、言いかけの石地蔵やな。何や知らんが、言うて見いな」

「言うたら、お父さんは聞いてくれはる？」

「金より大事なお前のコッちゃ。大抵のことなら聞いてあげる」

「鳥居又七はんを、私の養子はんにして」

「あら、侍やがな」

源右衛門は、おどろいて、煙管《きせる》を落した。この当時から、大坂娘は自分の恋のことについては積極的だ。お勢は、日頃は口数の少ないおとなしい娘だが、事が自分の一生の配偶者をきめる話になると、まるで父親と取引をするような、ハキハキした口調に変るのである。

「お父さんは、いま、言わはったやないの。又はんは、よう働くから商人にしたらよう儲けるやろうな、って。きっと、大和屋の財産、殖《しんしょ》やさはるやろうと思うわ」

「しかし、侍はどもならん」

しかし、一人娘にかかると、まるで取引は無能だった。

「お侍さんかて、人間ですやろ？　人間と人間とが夫婦になるのん、ちっとも可笑しいことあらへんと思うわ」

「わしもそう思うがなあ。そんな妙な取りきめを日光に居やはる東照権現はんが勝手に決めはってンさかいな、東照権現の氏子でもないわしらが、何も侍に遠慮することはないはずや。よっしゃ。ひとつ、鳥居家を廃家《はいか》にして、又七ッつぁんを大和屋へ来て貰おうか」

金で万事が解決すると信じている源右衛門だし、またそう信じるだけの根拠が、源右衛門ら大坂の商人仲間の肚の中にあった。天下の征夷大将軍などと威張っている徳川家でも台所は火の車で、大坂商人から金を借りてやっと息をついている。三百諸侯のなかで、大坂から借金をしていない大名などは一人もいないくらいだ。近頃は、幕府方だけでなく、官軍と称している薩長まで、多額な倒幕軍費を借りに来ている。江戸や京は、なるほど将軍や天子のお膝元だが、天下をほんとうに握っているのはわれわれだという肚が源右衛門にあったから、下級武士の鳥居家の存在など考えてみれば粟粒《あわつぶ》ほどでしかない。

三

幽霊橋を北へ渡ると、寺町下の蔵屋敷町までのあいだは、葦《あし》の生い茂った低湿地になる。一本の道が東へのびて、毘沙門堂《びしやもんどう》の境内まで通じているのだが、ここまで来てから、又七はギョロリと極楽政の方へふりむいた。

「なんだ、これア。玄軒先生のお家の方角じゃないか。政、なにか企らんだな」

「へえ、実を言いますと、玄軒先生とこの政は、同じ講中《こうちゆう》になったんで」

「講？　何の講だ」

「十石三人扶持を、万両分限に売る講だす」

「へえ」

又七は、驚くよりも白けてしまった。玄軒といえば、大坂南組でも聞えた地主だったが、近頃は主人の道楽が祟《たた》って、だいぶ左前という。おそらくそこをつけこんで、大和屋の手代が相当の金を運んで、又七説得の労をとらせようとしたのであろう。

「和尚は、いくら貰われた」

「何でも、五十両の金やそうで」

「油断もスキもならねえな、この土地は。和尚が門弟を金で売るとは、諸国でもあまり聞かぬはなしだぜ」

「侍が五十両で売れるという相場も、大坂でしか立ちまへんやろな」

「笑うやつがあるか。奥州の会津あたりに行けば、その同じ侍が、欲にも得にもならぬことで、命を落そうと意気まいているんだ」

「阿呆だンな」

「馬鹿野郎。その阿呆が人間の美しさだということが、金に目のくらんだこの土地の奴らにはわからん」

「ほたら、又はんも、その阿呆の仲間になりはったらどうだす」

「わしは別だ。時勢は、勤皇倒幕に傾いている。わざわざ火中にとびこんで、すでに灰になった先祖の位牌を運びだすような仕事より、大坂にいて、のんびり時勢に流されているほうが、わしのような男の性分にかなっている」

「そんな、どっちつかずでいるよか、やっぱり五十両で身イ売った方が得だっせ」

「あッ」

又七は、身を沈めた。額《ひたい》をかすめた礫《つぶて》が、幽霊橋の欄干《らんかん》に当って、カラカラと橋板の上をころがった。

「黒門組だ。政、逃げろ」

言ってから、又七は、たった一本そこに生えている松の木を楯《たて》にとった。

向うから、黒門組の遊人《くすぶり》が十人、長脇差を三尺にさしこんでゾロゾロやってくる。先頭に立って、黒紋付の懐ろ手をしているのが天野玄蕃だ。

（これア、負けるな）

喧嘩馴れている又七は、自分の不利を直覚した。なんといっても、場所が広すぎるのである。大勢にとりまかれて、礫でも滅多と投げられた日には、防ぎようもない。しかし逃げるのもシャクだから、又七は、二、三人とにかくたたき斬ってから、あとは運に任せようと思った。

「又はん。わいは、一ッ走り行って、玄軒先生に加勢を頼んでくる」

「ああ無駄だ。あの方は、人を金で売るのはうまくても、喧嘩はカラキシだめさ」

「大根の葉も貫目《かんめ》のうち、ということもある。まあ、呼んで来まっさ」

政は、後の方へ素ッ飛んで消えた。

「おい」

銹《さび》の利いた声で言ったのは、天野玄蕃である。他の遊び人が、ジリジリと又七の居る松を取り巻こうとしている。

「これ、何のつもりか、わかってるやろな」

玄蕃が、大坂弁で凄んだ。先日の返礼だというのである。

又七は、ニヤリと笑ってから、胴ぶるいをした。喧嘩は、この瞬間の身の締りがこたえられない。

しかし、又七にも作戦はある。できるだけ時を稼《かせ》ごうと考えたのである。いずれ、だれか通行人がやってきて町年寄へでも報《し》らせにゆくだろう。喧嘩は、仲裁の入る汐時《しおどき》を見計らってやるのが仕方上手というものだ。

「玄蕃というんだな。いかにも用心棒らしい名だ。近頃は、用心棒だけでなく外の方にも手を広げているそうだな」

「外の方とは、何じゃい」

玄蕃は、胸を張った。

「勤皇屋じゃやそうじゃないか、儲かるかえ」

「愚弄《ぐろう》するか」

「漢語を知ってやがる」

「幕賊を倒すために陰ながら働いているが、それがどうした。そう言えば、おのれも、それで、幕臣の端くれじゃやな」

「まあそうだ。江戸や京じゃア、勤皇佐幕のゴタゴタが流行《はや》っていたが、大坂ではトンとそんな風は吹かなかった。お前さんとおれとがここで喧嘩をすれば、ちょっとした勤皇佐幕劇になるだろう」

「川同心」

怒鳴ったのは、遊び人の方だ。大坂の喧嘩は、清国人の喧嘩と似ている。口喧嘩をながながとやったのちに、やっと手を出すシキタリだ。又七は、相手のその習性をよく心得ていて、

「なにかね」

「いい、おのれの腰に結えとるのは牛蒡《ごぼう》かいな。抜き方を知りさらさんのなら、抜いたろか」

相手もさるものだ。役所勤めの武士が刀を抜けば、軽くて上司から御叱り、重ければ改易になる。

「お生憎さま。わしの刀は刃を引いてあるから、牛蒡並みさ。それより勤皇屋さん、そろそろ斬りかかって来てはどうだね」

「吉、伝、お前らから箸イつけい」

玄蕃が、頤《あご》をしゃくった。又七はプッと吹きだして、

「それア酷だ。玄蕃さん、お前はこいつら黒門組から金を貰って飼われてるんだろう。傭主《やといぬし》に働かすのは人の道じゃないよ」

「それもそうやなあ」

言ったのは、遊び人連中である。ひどいものでパッと囲みを広げてしまい、玄蕃一人を残した。玄蕃は腹をたてたのか、この手練の男にも似合わず、

「糞ッたれ！」

眼をむいて、大きく上段から斬りおろしてしまった。とたんに利腕をつかまれ、五尺も高い空中に跳ね飛ばされたばかりか、落ちてくる脾腹のあたりを、又七に力まかせに蹴られた。

「次は、傭主の番だ」

「この阿呆ン陀羅《だら》ア」

十本の白刃が、一斉に又七の頭上に落ちようとしたとき、

「待てえ」

大男が、手をひろげて割りこんできた。黒門久兵衛という角力《すもう》上りの親分だが、血色のいい顔を上機嫌に崩して、

「待て待て、今日のところは話が済んだ。ぐずぐずせんと、早う退きさらんかい」

玄蕃を担がせ、又七を置きざりにしてぞろぞろと退きあげようとしたものだから、又七のほうがむしろあわてて、

「オ、おい、喧嘩は、どうなったんだ」

久兵衛は、ニヤリと笑って、毘沙門堂のほうを指で示した。石垣のそばの小道を、玄軒先生と極楽政が歩いてくるのがみえる。又七が寄ってゆくと、先生は渋い顔を作って、

「又はん。益体《やくたい》もない喧嘩をするものではおまへんぞ」

「折角の玉が、台なしになるからでしょう」

「そのとおりや。品物に傷がついては、色良い値段で売れまヘンさかいな。喧嘩のほうは、黒門の久兵衛に十両渡して、私が買いとっておきました」

「なるほどねえ――」

又七は、二の句が継げなかった。この土地では、喧嘩にまで値が立つようだった。

玄軒先生はますます渋面を作って、

「貴方はんは、私に十両の負担をかけたことになります。日歩一分の利息にしときましょう。いやいや、返してもらわんでもよろしい。そのかわり、私のいうことを聞いて貰いまッさ」

「大和屋のことでしょう。あれは、願い下げだ」

「ンなら、いまの仲裁料返して貰おう」

「そんな金、無えよ」

又七は、吐き棄てるように言って、トットと難波村のほうへ行ってしまった。

（＊＊＊……鳥居又七という川同心が、難波村幽霊橋の東空地で黒門組と喧嘩をしたことは、渡辺玄軒先生の子孫である大阪市浪速区《なにわく》新川一丁目の古物商渡辺治一氏の家に伝わる「日日金銭出納帳《にちにちきんせんすいとうちょう》」という古い大福帳に認められている、むろん玄軒先生の筆跡で、「明治元年二月十五日、鳥居又七殿与黒門組争闘《くろもんぐみとそうとうす》。斯喧嘩以金十両買取《このけんかをきんじゅうりょうでかいとれり》」

筆先がチビれているが、なかなか達者な文字だ。禿筆《ちびふで》からみても、玄軒さんは「気儘人」とはいえ、よほど始末屋さんだったにちがいない。又七を大和屋の養子にすることに異常な熱意をもっていたのも、小さな礼金目当ではなく、渡辺家の家業が土地山林の経営が主であることを考えれば、もっと大きな利益をもくろんでいたのであろう。ただ、この大福帳一冊では見当がつかない……＊＊＊）

ところで、明治元年二月十五日、というこの日である。この日から三日後に、西国からやってきたおびただしい数の官軍部隊が、大坂城に平和進駐しているのである。

大坂城代は、幕閣の命令で、平和裡《り》に大坂城を明渡し、ただ、又七らの勤めている市政機関だけは、市民の日常生活に差支えるためにそのまま残された。それも、いつまで存続させられるかわからないから、又七は、潰れかけた会社に居据っている社員のようなものだ。

　薩長土肥を主力とする官兵は、むろん戦さ支度でいきりたっている。彼等は続々と大坂に集結しては、東国の旧幕勢力を討つために進発してゆく。事態の進展が急だから、腹の立ついとまもなかった。

「ひでえことになったもんだ」

　又七は、いわば半失業者だ。京橋口の奉行所へ出れば仕残《しのこし》の仕事もあるのだが、目付に出張っている島津藩士の尊大な面を見るのがいやさに、毎日受持現場の堀江の川小屋へ来ては、川番の松爺を話相手にボンヤリ川風に吹かれている。

「鳥居の旦那はん、昨夜も、堺筋で人斬りがあったそうでッせ。なんでも、酔うた官兵に突きあたった鉄砲組の同心はんやそうや」

「そうかねえ。人間、時勢に乗ると、途端にほかの奴が虫のように見えるものらしい。斬られた奴の災難というものだな」

「西郷たらいう官軍の参謀が、江戸の町を火の海にするンじゃと、どえらいホラを吹いているそうやおまへンか。大坂のほうは、それだけは堪忍してくれと、官軍の三岡八郎という参謀を通して、鴻池善右衛門はんらが二百万両の寄付を出さはったそうだす」

「大層な金だな」

「その金のおかげで、あんたはんらは戦させんで済んだようなもんや」

「玄軒先生の喧嘩買いと同じ手かな」

又七はくすッと笑った。

ふと見上げると、堤の上に大和屋のお勢が立っている。又七は、悪戯《いたずら》を見つけられた少年のように赤くなり、思わず立ちあがって逃げだそうとした。あれからお勢には会っていないが、その間、又七の意思とは別に妙な縁談ブローカーが暗躍して、何だか照れくさいような、胸の内が焦げ臭いような、恋に似た感情が芽生えはじめていたのである。

「鳥居はん」

堤の上にしゃがんでいるお勢は、裾から形のいい足をのぞかせて、

「そっちへ行ってもかまいません?」

「よくありませんね」

「なあぜ?」

「私はこれでも幕臣ですよ。幕臣と話している所を薩長の見巡りの奴等に見られたら、お勢さんは番所へさらわれて行きますぞ」

又七はおどして追払おうとした。

「また助けて貰いますわ」

「今度は駄目さ」

公方《くぼう》様でさえ奴等に追われて逃げまわっている世の中だ、わしごときの手に負える相手ではない、と又七は苦笑しながら、シブシブ、床几《しょうぎ》の横をお勢のために空けた。

「何の御用です」

「まあ驚いた。薄情やわ。何の用か、ようわからへんなんて」

「困ったな」

「松爺。これをあげるから、あっちへ行って」

と、お勢は松爺を追ってから、

「私のお婿さんのことです」

ズバリと言った。又七は気をのまれて、なんとなく川面《かわも》へ眼を落した。

「玄軒先生が、ちっとも働いてくれはれしませんもの。私から直々にお頼みすることにしました。お勢は、そちら様を大好きです。お婿さんになって下さらないなら、お勢は死んでしまいます。いまでも死ねます。——こうやって袂《たもと》に石を入れて」

お勢は、足もとの石ころを袂の中に入れはじめたから、又七はますますおどろいた。江戸や諸国ではこんなじかな求愛をしかも武士にする町家の娘なんぞ聞いたことがない。

踞《かが》んでいるお勢の襟足が、抜けるように白かった。……せっせと石を入れ終ってから、

「ああ、だいぶ袂が重とうなった」

「それなら死ねそうだな」

「まあ、薄情なお人——」

「いや、どうせお勢さんに死んで貰わねばならないんだ。私は縁談を断るつもりだから」

「えッ」

「そのかわり私も死ぬよ」

「この川で?」

「ちがう。私はね、武士だ。武士が先祖代々主君から養われてきたのは、いつでも必要なときに命を投げだすためさ。聞く所によると、官軍の大総督府は、東海東山北陸

の三道の官軍部隊に江戸進撃の命令を下したそうだ。江戸には私の旦那の慶喜様《よしのぶさま》がいる」

「それ、なんの話？」

お勢は、きょとんとした。

又七は、意外なことを喋《しゃべ》ってしまったものだ、と思った。言い遁《のが》れをするためとはいえ、考えてもいなかったことなのである。しかし、喋っているうちに、自分の言うことが尤もだと思いはじめた。又七はまだ十分に若かった。自分の言葉で休中が熱くなるオクタン価の高い血が流れていた。

「私の祖先は鳥居強右衛門様だったのさ」

「なに？　そのひと」

「えらい人だったそうだ。私もその方の子孫として、三百年扶持《ふち》を受けたお返しに、公方様を救い出しに行かねばならない。上野の輪王寺宮様が公方様の命乞いをされたそうだけれども、薩長の奴らは聞かないそうだ。三百年つづいた鳥居家の子孫として、これが黙っていられると思うかい？」

「十石が三百年だと、三千石。それくらいのお米なら、私、お父さんに頼んで公方様に返すわ。それなら借貸無し《かりかしな》のおんべこで、そちら様が死にに行くことはないいんでしよう」

「商売とは違うよ、武士の道は」

「わからへんなあ、私、お勢は、どうすればよろしいんです」

「小間物屋の次男坊でも養子に貰えばいいのさ。武士は無理だ」

「町人を馬鹿にしやはりますのん」

お勢は、キッとなった。さすがに大坂商人の自信が、こんな小娘にまで反映しているのだろう。

「そういうわけじゃない」

「又七さん――」

川小屋の中は薄暗い。戸口の方に腰掛けていたお勢の体が、急に倒れてきた。又七は、はッとなって、思わずお勢の体を抱きとめたのがわかった。堪えていたこの娘への愛慕の気持が、せきを切ったように奔流《ほんりゅう》した。お勢の髪の匂いが又七の鼻腔に満ち、抱きとめているお勢の肩は、又七の掌に哀しいばかりに温かかった。

(鳥居強右衛門様なら、こんなときどうしただろう……)

ちらりとそう思ったが、若い又七は、お勢の可愛い受唇《うけぐち》へ、思いきって自分の唇を重ねていった。又七の血がくるめいた。事実、お勢の唇は蜜のように甘かった。

(おれはこの娘が好きだ)

しかし、養子に行くことと話は別だ。と又七は思った。

四

それから数日経って、父弥兵衛の病が革《あらた》まって不帰《ふき》の客となった。息を引きとるときに又七の手をにぎって、

「又七。路用の金はわしの手文庫の中にあるぞ」

「え、何の金ですって？」

「たわけ、もう忘れたか」

一喝して、がっくり頭を垂れた。あとで又七が調べてみると、よほどつましく貯めたのであろう、一朱、一分銀を入れて十両の金が入っていた。

(親爺め、よほど彰義隊にご執心だったのだな)

と思ったが、あの頑固親爺から、ああガミガミ頭ごなしにいわれては、相手が死んだ今となっても、かえって彰義隊への関心が薄れてしまった。

「衣絵。このお金、お前にくれてやらあ」

同じ又七が、それから三日後にはまるで人が変っていた。

「又はん——」

「嫁入支度の足しにでもしろよ」

親爺への反発心が残っていて、この処置にはわれながら小気味がよかったが、その

「だって——」

駆けこんできたのは、極楽政だった。

「慌《あわ》てるな。表の格子を閉めておけ」

奥の間で茶を喫《の》んでいた又七が、ゆっくり振りむいて言った。

「嬢《とう》さんは?」

「ちょっと菩提寺《ぼだいじ》まで使いに行った」

「かえって都合がええ。何にも言わずに、平野町の官軍の番所まで、わしについて来とくなはれ」

ついてゆくと、政は番所には入らず、その向いの縄《なわ》のれんを掛けた甘酒屋に入り、まあこの暖簾《のれん》を透かしてあの番所を見てみなはれ、と言った。

番所の中には、真赤なシャグマをかぶり、陣羽織を着こんだ隊長らしい大男が、傲《ごう》然《ぜん》と床几《しょうぎ》に腰をおろしている。それをみて、又七は、プッと口をおさえた。

「あれア、天野玄蕃じゃないか」

「そうだすとも」

「どうしてシャグマなんぞをかぶってやがるんだ」

「あいつが一頃京都で勤皇屋をしていたころの友達が、こんど官軍の参謀で大坂へやってきよったもんで頼みこんで官軍に入れて貰うたという噂だす」

「官軍といっても、鉄砲大筒《おおづつ》だけは、舶来物で大威張だが、人間は寄せ集めでお寒いものだな」

「黒門組の遊び人も二十人ばかり兵隊に傭《やと》われたという話だすぜ。――それより」

「なんだ」

「天野のそばの土間《どま》をよう見なはれ」

「町人がいるな」

「顔を」

「あッ、数馬」

（＊＊＊……田中数馬は又七の従兄弟《いとこ》で衣絵《きぬえ》の許婚者《いいなずけ》であり、信濃橋の金物問屋高麗屋の出であることはさきに述べたが、この数馬の家系はいまも大阪で現存している。戦前、市電信濃橋停留所から北へ入ったあたりで、小さな金物屋の店をひらいていた田中清市《せいいち》家というのがそれだ。昭和二十年三月十三日の大阪空襲で家を焼かれ、その後河内千早村に疎開していたが、数馬から四代目に当る当主の田中数男氏は、大阪商大を出て現在大和銀行に勤務し、豊中市の公団アパートに住んでいる。大阪は東京とちがって人口の移動が少ないから、どの家も数代にわたって大阪の歴史とともに生きているわけだ、……＊＊＊）

——ところで、当の田中数馬。

又七がその後調べてみると、官軍の大坂城進駐と同時に、京橋口の奉行所から姿をくらまし、いちはやく昔の町人姿にもどり、戻ったばかりか、官軍を相手に日用品のブローカーを目論《もくろ》んだ。その逞しさは、武士であったころの数馬の風ぼうからは想像もつかない。やはり、魚が水を得たわけだろう。

ところが、彼が、大坂出身の浪人あがり天野玄蕃にとり入ったのが間違いの種だった。

「汝《うぬ》ア、どっかで見たことがある。そうや、京橋口の奉行所の鉄砲役人をしていた田中数馬というのは、汝やろ。たしか川同心の又七の奴とは従兄弟やったはずや。もともと大坂は二本差の数は少ない。この玄蕃のオッサンの眼エごまかしたろと思うても、そうはいかんどう。どや。町人に化けて官軍の動静を探ってこましたろと思うても、そうは気安う問屋はおろさんでエ。そら！　みんな、こいつは幕府の諜者《りょうじゃ》や。ひッくくって仕舞《しも》うたれ！」

又七と極楽政が、甘酒屋の縄暖簾《なわのれん》を通して目撃した光景はこれだった。

むろん玄蕃も、大坂の町をごろついてきた浪人あがりだから、目ハシは利く。もとは信濃橋高麗屋の次男坊だった田中数馬が、命がけの諜者などを買って出るほどの根性があるはずがないと思っていたが玄蕃が狙っているのは別の取引だった。数馬の容疑をタネに、生家の高麗屋からいくらか搾《しぼ》りあげようと思ったのである。

その晩は、もとは自身番小屋だった官軍の平野町詰所に泊めおかれた。

果然、又七の家に飛んできたのは、数馬の実父高麗屋善兵衛だった。

「どないしまほ、又七ッつぁん。清七（数馬の実家での名前）がえらい災難にあいよって」

「言うだけの金を出したらいいでしょう」

「そこだンがな。向うはんは、数馬の命を助けたかったら、三百両出せ、言わはりますねやが、そこを何とか貴方はんに仲に立ってもろうて……」

「仲に立って……」

「値切って欲しおますねん」

「断ります」

「兄さん」

横合から、衣絵が必死の表情で口を出してきた。

「数馬様は、私の夫になる人です。お願いします」

「お前は、だまってろ」

又七は、思わず怒鳴った。声を出してから、自分の声や口調が、驚くほど生前の父弥兵衛に似ているのにハッとした。事実、父の心境に似てきている自分に気づきはじめている。幕府が崩壊《ほうかい》しようとしているここ数ヵ月来、自分の身辺に起ったさまざまの大坂の人間模様に愛想がつきはじめてきたのである。

(こいつらは異人種だな、まるで)

高麗屋善兵衛の顔をみながら、所詮武士にとって大坂は外国のようなものだ、と又七はつくづく思った。又七は、唇をぐっと噛んで、

「私は武士だ。武士あ、取引をする商人じゃねえよ」

と、久しぶりの本所訛《なま》りで言った。高麗屋善兵衛は、鳩が豆鉄砲を食ったような顔をして、

「恐れ入ります。しかし又七ッつぁん、武士の中にも蔵屋敷の役人のように商いばか

りしているお侍も居ますな」

「あれア、本来の武士じゃねえ。——本来の武士たアね」

「ホウ、どんなものでござります」

「喧嘩をするものさ」

言ってから、又七は、ハハなるほどねえ、われながらうまく言ったものだと思った。

(喧嘩の上手な奴がいい武士で、採算《さいさん》を度外視して義のために喧嘩をする奴が偉い武士だ。喧嘩以外に武士の足場はねえはずだ。明けても暮れても金、金の大坂で、武士が武士らしい面をしようと思えば喧嘩しかあるまい)

妙な理屈だが、この場の又七には、この理屈が一番ズッシリと肚の底に滲みわたった。同時に、肚の底から今まで経験もしなかった不思議な力がむくむくと湧きあがってきて、

「衣絵、俺ア江戸へ行くよ」

と言った。衣絵は突如、妙なことを言いだした兄に戸惑いして、

「何をしに行くの」

「喧嘩さ。——いま、この善兵衛さんのおかげで、武士の行く道がわかった。大坂

は町人で作った町だから、俺なんぞが居ても水に油のような所がある。お前は女だし、なかなかコスッカライところがあるから、数馬の所へ嫁《い》って商人の女房になりな。江戸じゃアね、いまに凄え大喧嘩がおッぱじまるんだ。侍が黙って指をくわえて見ているこたねえんだ。それだけが侍の稼業なんだ」

「では、お勢さんはどうするの」

「あ、知ってやアがったのか」

と、又七は真赤になった。

「それア知ってるわ。政が言ってくれたもの」

「知ってるならかえって都合がいいんだ。俺はね、あの娘が大好きだ。むしりとってでも女房にしたいんだが、この大坂の町がそうさせねえ。色恋沙汰にまで金銭取引がついて回りゃアがるからなあ。まあお勢さんには、お前からほどほどに言っておいてくれ」

その翌日の夜、又七は、職掌がら回船問屋には顔の利くところから、川口町の船屋長左衛門という店に頼んで、三軒家から出る江戸行きの早船に乗せてもらった。旅拵《たびごしら》えは、官軍の眼をはばかって町人体であった。

乗船の夜、この又七は、官軍の隊長天野玄蕃を、大胆にも平野町詰所の横で一刀のもとに斬り倒している。

「玄蕃、おれだ」

小用を足そうと思って、詰所横の路地にのっそり入ってきた天野玄蕃の鼻先へ、ぬっと顔を突き出したのは、盗人かぶりの又七だった。

「お前、罪もねえ数馬をタネに、高麗屋から三百両の金をかすめとったな。あれアおれの薄い親戚筋になる。金はその懐の中にあるのだろう。出せ」

又七は最初、玄蕃を斬るつもりはなかった。玄蕃から三百両の金を奪い返して、それを路用にしようと思ったのだ。

「又七やな」

「ああ、近頃流行《はや》らねえ幕臣の、鳥居又七右衛門保繁《やすしげ》だ」

「こいつ！」

危ねえ、と玄蕃の刃をかわしざま、又七は強右衛門以来伝来の相州無銘《そうしゅうむめい》の剛刀を抜き放っていた。

薬の匂いがするのは、付近の武田長兵衛の薬草倉庫から漂《ただよ》ってくるのだろう。

「がんくれ！」

玄蕃が陣羽織をひるがえして上段から振りおろしてきたとき、喧嘩度胸の据った又七はそのまま右膝を地につけて身を沈め、左から右へ、刃を水平に払った。紙一重の差で、玄蕃の刀が落ちてきた。その一瞬間に、玄蕃の胴は二つになっていた。

「可哀想だが、初陣《ういじん》の血祭だ。大坂にも侍は居たという証拠になるだろう」

玄蕃は、胴にズッシリと三百両の金を巻きこんでいた。回向料《えこうりょう》に二百両残し、百両を懐《ふところ》にねじこむと、又七は一散に三軒家の船着場にむかって真暗な道を駆けだした。

（＊＊＊……官軍の隊長が平野町で斬殺された事件は、野戦態勢をとっていた当時の官軍としては深く調べもせず、単に戦死として扱ったから、下手人の名は露《あら》われなかった。

「あれあ、俺がやったんだよ」

と、大坂堀江の材木商菱川《ひしかわ》又七翁が、明治も暮になってから、はじめて縁辺の人に語ってから明らかになったものだ。又七から三代目の材木商菱川家の当主は今浪速区木津町で銘木問屋《めいぼくどんや》を営んでおり、数馬の田中家とは、いまなお縁戚づきあいを保っている。……＊＊＊）

――明治元年四月、江戸に着いた鳥居又七は、直ちに上野寛永寺覚王院の住職義《ぎ》観《かん》を頼って彰義隊に入隊した。

義観というのは血の気の多い僧侶で、旧幕臣の間を説きまわって彰義隊の結成に力のあった人物だが、多少山気も多かったらしく、又七の顔を一目みて、

「おお、鳥居強右衛門に似ている！」

と言った。まさか元亀天正時代の豪傑の顔などを知っているよしもあるまいが、今は微禄《びろく》しているといえ、徳川家を救った伝説中の豪傑の末裔《まつえい》がはるばる大坂の地から参加したというニュースを利用し士気向上の上から宣伝効果を狙ったのであろう。

しかし、隊員が又七を見る眼は、必ずしも温かいものではなかった。第一、親二代も江戸から離れていては、旗本御家人の中でも顔見知りの者などは一人もいず、どこをむいても他人ばかりだった。自然、又七の方からひがみ根性が出てくるのは無理もないことだったろう。

「あなたは、大坂でしたな」

最初、幹部の天野八郎が、そう念を押した。

「そうです」

「勘定方をやって頂きましょう」

先方としては何気なく言ったのだろうが、又七はムッとした。相手には大坂侍という先入観があるのだ、そうとって、又七は無言で相州無銘無反《むぞり》の古刀をギラリと抜

き、

「この刀は、むかし鳥居強右衛門が、武田勢の包囲下にある長篠城に残していったものです」

「いや、不足なら、他に回してもよい。剣は何流を学ばれた」

相手がこれ以上の侮辱《ぶじょく》を加えるならばその分には置かぬぞ、という眼付をした。

「生田流と北辰一刀流。生田流では免許を皆伝されました」

「ホウ、生田流とは箏曲《そうきょく》のような名じゃな」

隅のほうから、そんな囁きが又七の耳に入った。

「生田流はどなたから」

「渡辺玄軒先生でござる」

「聞き及ばぬなあ、そんな剣客は」

知らぬはずだ。玄軒先生は、金で免許を買ってから、大急ぎで又七に譲り終ると、洋学のほうに転向してしまっているのである。

しかし、それでも師は師だ。又七は師匠が辱《はずか》しめられたと思って持前の短気が出た。刀を左手に摑むなり、パッと庭先に飛びおりて、

「やあッ」と、抜討《ぬきうち》ざまに庭前の樫《かし》の木を斬った。樫は梢《こずえ》で江戸の天を掃《は》きつつ、ゆ

つくり倒れていった。径三寸はあった。これほどの生木をしかもすくいあげで斬るというのは、余程の腕がなければ叶わない。一同は声を呑んで、互いに眼を見交わした。又七は刀を収めて席にもどるなり、

「流儀とか生地とか、とかく江戸の武士が口を開くと虚栄事が多うござるな。この又七は大坂で育ち、かの地の町人の中で暮しましたゆえ、男の言葉というものは実力以外にない、ということを知らされて参りました。かの地の商人の世界では、甲斐性のあるなしが、男の格付でござるよ」

夢中になって喋《しゃべ》りながら、又七はいつのまにか、心のうちで大坂へ激しい郷愁を抱きはじめている自分に気づいていた。大坂にいるときは、武士の故郷は江戸だと思い、江戸へ来てみると、どことなしに水があわず、もう大坂を懐《なつ》かしんでいる。所詮、自分たち大坂侍は、武士にも町人にもなりきれぬ根の無い水草のようなものだろうか。

(とにかく、戦さだ。戦さが来ればこんなつまらぬ思いに取り憑《つ》かれていることもない。戦さだけが、おれのような男の正念場なのだ)

又七は、それにすがった。

ついに、その待望の戦《たたか》いの日が来た。

明治元年五月十五日、長州の大村益次郎指揮による官軍部隊は上野の山を包囲し、黒門口《ぐち》、湯島台、弥生岡《やよいがおか》方面に砲《おおづつ》を据えて火力で制圧する一方、洋式銃を整備したおびただしい歩兵部隊が一斉射撃を開始した。

日本戦史の中でも、これほどみじめな戦いは他になかったろう。彰義隊は、ほんのわずかな旧式銃と火縄銃のほかは、二尺数寸の白刃があるのみであった。これを振おうにも、敵の姿が見えぬまに、ばたばたと砲火の前に斃《たお》れて行った。戦いは、たった一日で済んだ。又七が気づいたときは上野の山に累々《るいるい》と重なっているのはほとんど自軍の兵ばかりで、わずかに生きのびた隊士もまるでドブ鼠のように遁げ場を見つけるのに右往左往していた。

「これが、俺の待っていた喧嘩かえ」

又七は、苦笑した。偉そうに啖呵《たんか》を切って大坂を出てきた手前、極楽政や数馬の実父の高麗屋善兵衛などに顔むけができぬような気もした。

「生田流も北辰一刀流もあったもんじゃねえ。とにかく逃げることだ」

又七は、口の中から泥をペッと吐きだして、ドブ鼠よりも惨《みじ》めな姿で走りだした。

「逃げ足の免許でも、とっときあよかった」

肚ン中で自分の姿に笑っている又七は、ようやく悪夢から醒めたような思いがした。武士なんざ、所詮は逃げる商売かも知れねえ。麓《ふもと》で、折から通りあわした野菜売の百姓に十両の金を摑まして着物をぬいで貰い、そのまま深川まで歩いて、大坂の回船問屋長左衛門の江戸店へ飛びこんだ。

「おれだ、又七だ」

「ああ、阿呆《あほ》はんが帰って来やはった」

そう言って、ニヤリと赤銅色の顔を綻《ほころ》ばしたのは船屋長左衛門店の江戸番頭の源七である。源七は、又七が江戸に着いたときも、

「悪いこと言いまへん、阿呆なこと止めときなはれ。彰義隊たら言うて槍刀をふりまわしたがるのは、ええ年をした大人のするこっちゃおまへんで」

と、極力諫《いさ》めたものだ。この老番頭は、いかにも商い場で人間を鍛えあげてきたといった底凄味の利いた男だが、逃げこんできた又七の肩を優しく叩いて、

「まあ、粥《かゆ》でも食いなはれ」

「その辺りに官軍の奴は居ねえか」

「彰義隊は見つけ次第殺されるッちゅうこッちゃ。しかし安心しなはれ。この店は江戸城より確かな城や」

源七番頭は、店先にどッかと腰をおろして莨《たばこ》を煙管《きせる》に詰めはじめた。

「たしかな城というと?」

「官軍に、ドッサリ金貸したアるさかいな。ゆうてみたら、金の城だすな。——それに、今朝方、あんたらを射った大砲の弾は、この船屋が請負《うけお》うて運んだものや」

「それじゃア、俺は、わざわざ大坂から出てきて、江戸で大坂のあきんどにやられたようなもんじゃないか」

「そやから、阿呆なことは止めときなはれとわてが言いましたがな」

「世の中は、妙な仕掛になっているんだなあ」

又七は、オコリが落ちたような顔をして笑った。山に捨ててきたのだろう、相州無銘の自慢の刀も、すでに手にない。惜しいとも思わなかった。

「鳥居はん」

源七番頭は、ニヤリと笑って、顔を擦りつけてきた。

「そう気づいたあたりで、一丁、人変りをして見なはらんか」

「何です、それは」

いつの間にか、又七は敬語を使っていた。世間の苦労の度合から来た人間の格差《かくさ》というものは、争えないものだ。又七は、おどろくほど素直な気持になっていた。

「大和屋のお勢はんの件や」

「あ、あんたまで」

「そうやがな。じつは、貴方《あん》さんが大坂を発《た》った次の便で、お勢はんが」

「えッ、お勢さんが――」

「顔あげて見なはれ。そこに居やはるがな」

見ると、荷を積みかさねた土間の蔭で、たったいまかまちから降りたばかりのお勢が、白い顔をニコニコ綻ばせて立っていた。

「お勢さん――」

「こんどは、私が又七さんを助ける番になりましたわ」

「……」

又七は、あまりの意外さに声も出なかった。その背を、源七番頭はドシンと叩いて、

「さあ、あと半刻もしたら、大坂帰りの船が出まッせ。大坂へ帰ったら、玄軒先生らが婚礼の支度をして待っとるやろ」

又七は、茫然とした。なんだかよくわからないが、西遊記の孫悟空《そんごくう》が、自分では天地にあばれまわったつもりでも結局はお釈迦様《しやかさま》の掌の上を走ったにすぎなかったように、武士だ武士だと言っても、結局は大坂のあきんどたちの掌の中で走りまわってきたような気が、ふとせぬでもなかった。

おことわり

本作品中には、今日では差別表現として好ましくない用語が使用されています。

しかし、江戸時代を背景にしている時代小説であることを考え、これらの「ことば」の改変は致しませんでした。読者の皆様のご賢察をお願いします。

（出版部）

|著者| 司馬遼太郎　1923年大阪市生まれ。大阪外国語学校蒙古語部卒。産経新聞社記者時代から歴史小説の執筆を始め、'56年「ペルシャの幻術師」で講談社倶楽部賞を受賞する。その後、直木賞、菊池寛賞、吉川英治文学賞、読売文学賞、大佛次郎賞などに輝く。'93年文化勲章を受章。著書に『竜馬がゆく』『坂の上の雲』『翔ぶが如く』『街道をゆく』『国盗り物語』など多数。'96年72歳で他界した。

新装版《しんそうばん》　大坂侍《おおさかざむらい》

司《し》馬《ば》遼《りょう》太《た》郎《ろう》

2005年12月15日第１刷発行
2024年６月26日第20刷発行

発行者——森田浩章
発行所——株式会社　講談社
東京都文京区音羽2-12-21　〒112-8001
電話　出版（03）5395-3510
　　　販売（03）5395-5817
　　　業務（03）5395-3615

Printed in Japan

講談社文庫
定価はカバーに
表示してあります

KODANSHA

デザイン—菊地信義
本文データ制作—講談社デジタル製作
印刷———株式会社KPSプロダクツ
製本———株式会社KPSプロダクツ

ISBN4-06-275242-5

講談社文庫刊行の辞

二十一世紀の到来を目睫に望みながら、われわれはいま、人類史上かつて例を見ない巨大な転換期をむかえようとしている。

世界も、日本も、激動の予兆に対する期待とおののきを内に蔵して、未知の時代に歩み入ろうとしている。このときにあたり、創業の人野間清治の「ナショナル・エデュケイター」への志を現代に甦らせようと意図して、われわれはここに古今の文芸作品はいうまでもなく、ひろく人文・社会・自然の諸科学から東西の名著を網羅する、新しい綜合文庫の発刊を決意した。

激動の転換期はまた断絶の時代である。われわれは戦後二十五年間の出版文化のありかたへの深い反省をこめて、この断絶の時代にあえて人間的な持続を求めようとする。いたずらに浮薄な商業主義のあだ花を追い求めることなく、長期にわたって良書に生命をあたえようとつとめるところにしか、今後の出版文化の真の繁栄はあり得ないと信じるからである。

同時にわれわれはこの綜合文庫の刊行を通じて、人文・社会・自然の諸科学が、結局人間の学にほかならないことを立証しようと願っている。かつて知識とは、「汝自身を知る」ことにつきていた。現代社会の瑣末な情報の氾濫のなかから、力強い知識の源泉を掘り起し、技術文明のただなかに、生きた人間の姿を復活させること。それこそわれわれの切なる希求である。

われわれは権威に盲従せず、俗流に媚びることなく、渾然一体となって日本の「草の根」をかたちづくる若く新しい世代の人々に、心をこめてこの新しい綜合文庫をおくり届けたい。それは知識の泉であるとともに感受性のふるさとであり、もっとも有機的に組織され、社会に開かれた万人のための大学をめざしている。大方の支援と協力を衷心より切望してやまない。

一九七一年七月

野間省一

講談社文庫　目録

真保裕一　ダーク・ブルー
篠田節子　弥勒
篠田節子　転生
篠田節子　竜と流木
重松　清　定年ゴジラ
重松　清　半パン・デイズ
重松　清　流星ワゴン
重松　清　ニッポンの単身赴任
重松　清　愛妻日記
重松　清　青春夜明け前
重松　清　カシオペアの丘で(上)(下)
重松　清　永遠《とわ》を旅する者〈ロストオデッセイ　千年の夢〉
重松　清　かあちゃん
重松　清　十字架
重松　清　峠うどん物語(上)(下)
重松　清　希望ヶ丘の人びと(上)(下)
重松　清　赤ヘル1975
重松　清　なぎさの媚薬(上)(下)
重松　清　さすらい猫ノアの伝説

重松　清　ルビィ
重松　清　どんまい
重松　清　旧友再会
新野剛志　美しい家
新野剛志　明日の色
殊能将之　ハサミ男
殊能将之　鏡の中は日曜日
殊能将之　殊能将之　未発表短篇集
首藤瓜於　事故係生稲昇太の多感
首藤瓜於　脳男　新装版
首藤瓜於　ブックキーパー　脳男(上)(下)
島本理生　シルエット
島本理生　リトル・バイ・リトル
島本理生　生まれる森
島本理生　七緒のために
島本理生　夜はおしまい
小路幸也　高く遠く空へ歌ううた
小路幸也　空へ向かう花
小路幸也　原案　山田洋次・平松恵美子　家族はつらいよ

小路幸也　原作・脚本　山田洋次　脚本　平松恵美子　家族はつらいよ2
島田律子　私はもう逃げない〈自閉症の弟から教えられたこと〉
辛酸なめ子　女修行
柴崎友香　ドリーマーズ
柴崎友香　パノララ
翔田　寛　誘拐児
白石一文　この胸に深々と突き刺さる矢を抜け(上)(下)
白石一文　我が産声を聞きに
小説現代編　石田衣良他著　10分間の官能小説集
小説現代編　勝目　梓他著　10分間の官能小説集2
小説現代編　乾くるみ他著　10分間の官能小説集3
柴村　仁　プシュケの涙
塩田武士　盤上のアルファ
塩田武士　盤上に散る
塩田武士　女神のタクト
塩田武士　ともにがんばりましょう
塩田武士　罪の声
塩田武士　氷の仮面
塩田武士　歪んだ波紋

講談社文庫　目録

田辺聖子　女の日時計
谷川俊太郎訳 和田誠絵　マザー・グース　全四冊
立花隆　中核VS革マル（上）（下）
立花隆　日本共産党の研究　全三冊
立花隆　青春漂流
高杉良　労働貴族
高杉良　広報室沈黙す（上）（下）
高杉良　炎の経営者（上）（下）
高杉良　小説 日本興業銀行　全五冊
高杉良　社長の器
高杉良　その人事に異議あり〈女性広報主任のジレンマ〉
高杉良　人事権！
高杉良　小説消費者金融〈クレジット社会の罠〉
高杉良　小説 新巨大証券（上）（下）
高杉良　局長罷免 小説通産省
高杉良　首魁《しゅかい》の宴《うたげ》〈政官財腐敗の構図〉
高杉良　指名解雇
高杉良　燃ゆるとき
高杉良　銀行大合併〈短編小説全集（上）〉

高杉良　エリートの反乱〈短編小説全集（中）〉
高杉良　金融腐蝕列島（上）（下）
高杉良　勇気凜々
高杉良　混沌《こんとん》 新・金融腐蝕列島（上）（下）
高杉良　乱気流（上）（下）
高杉良　小説 会社再建
高杉良　新装版 懲戒解雇
高杉良　新装版 大逆転！〈小説 三菱・第一銀行合併事件〉
高杉良　新装版 バンダルの塔
高杉良　第四権力〈巨大メディアの罪〉
高杉良　巨大外資銀行
高杉良　最強の経営者〈アサヒビールを再生させた男〉
高杉良　リベンジ〈巨大外資銀行〉
高杉良　新装版 会社蘇生
竹本健治　新装版 匣《はこ》の中の失楽
竹本健治　囲碁殺人事件
竹本健治　将棋殺人事件
竹本健治　トランプ殺人事件
竹本健治　狂い壁　狂い窓

竹本健治　泪《るい》香《こう》迷《めい》宮《きゅう》
竹本健治　新装版 ウロボロスの偽書（上）（下）
竹本健治　ウロボロスの基礎論（上）（下）
竹本健治　ウロボロスの純正音律（上）（下）
高橋源一郎　日本文学盛衰史
高橋源一郎　5と34時間目の授業
高橋克彦　写楽殺人事件
高橋克彦　総門谷
高橋克彦　炎《ほむら》立つ　壱 北の埋み火
高橋克彦　炎立つ　弐 燃える北天
高橋克彦　炎立つ　参 空への炎
高橋克彦　炎立つ　四 冥き稲妻
高橋克彦　炎立つ　伍 光彩楽土〈全五巻〉
高橋克彦　火怨〈北の燿星アテルイ〉（上）（下）
高橋克彦　水壁〈アテルイを継ぐ男〉
高橋克彦　天を衝く（1）〜（3）
高橋克彦　風の陣 一 立志篇
高橋克彦　風の陣 二 大望篇
高橋克彦　風の陣 三 天命篇

講談社文庫　目録

講談社文庫　目録

講談社文庫　目録

乃南アサ　不発弾
乃南アサ　地のはてから(上)(下)
乃南アサ　チーム・オベリベリ(上)(下)
野沢　尚　破線のマリス
野沢　尚　深紅
野村克也　宮本慎也　師弟
乗《のり》代《しろ》雄《ゆう》介《すけ》　十《じゅう》七《しち》八《はち》より
乗代雄介　本物の読書家
乗代雄介　最高の任務
乗代雄介　旅する練習
橋本　治　九十八歳になった私
原田泰治　わたしの信州
原田泰治　原田武雄　泰治が歩く〈原田泰治の物語〉
林　真理子　みんなの秘密
林　真理子　ミスキャスト
林　真理子　ミルキー
林　真理子　新装版 星に願いを
林　真理子　野心と美貌〈中年心得帳〉
林　真理子　正妻(上)(下)〈慶喜と美賀子〉

林　真理子　大《お》原《はら》御《ご》幸《こう》〈帯に生きた家族の物語〉
林　真理子　さくら、さくら〈おとなが恋して〉〈新装版〉
林　真理子　見城　徹　過剰な二人
原田宗典　スメル男〈新装版〉
帚木蓬生　日御子(上)(下)
帚木蓬生　襲来(上)(下)
坂東眞砂子　欲情
畑村洋太郎　失敗学のすすめ
畑村洋太郎　失敗学実践講義〈文庫増補版〉
はやみねかおる　都《ま》会《ち》のトム&ソーヤ(1)
はやみねかおる　都《ま》会《ち》のトム&ソーヤ(2)〈乱！　RUN！　ラン！〉
はやみねかおる　都《ま》会《ち》のトム&ソーヤ(3)〈いつになったら作戦《ミッション》終了？〉
はやみねかおる　都《ま》会《ち》のトム&ソーヤ(4)〈四重奏《カルテット》〉
はやみねかおる　都《ま》会《ち》のトム&ソーヤ(5)〈IN《イン》塀戸〉(上)(下)
はやみねかおる　都《ま》会《ち》のトム&ソーヤ(6)〈ぼくの家へおいで〉
はやみねかおる　都《ま》会《ち》のトム&ソーヤ(7)《怪人は夢に舞う〈理論編〉》
はやみねかおる　都《ま》会《ち》のトム&ソーヤ(8)《怪人は夢に舞う〈実践編〉》
はやみねかおる　都《ま》会《ち》のトム&ソーヤ(9)〈前夜祭 内人《ないと》side〉
はやみねかおる　都《ま》会《ち》のトム&ソーヤ(10)〈前夜祭 創也《そうや》side〉

半藤一利　人間であることをやめるな
半藤末利子　硝子戸のうちそと
原　武史　滝山コミューン一九七四
濱　嘉之　警視庁情報官〈シークレット・オフィサー〉
濱　嘉之　警視庁情報官　ハニートラップ
濱　嘉之　警視庁情報官　トリックスター
濱　嘉之　警視庁情報官　ブラックドナー
濱　嘉之　警視庁情報官　サイバージハード
濱　嘉之　警視庁情報官　ゴーストマネー
濱　嘉之　警視庁情報官　ノースブリザード
濱　嘉之　ヒトイチ　警視庁人事一課監察係
濱　嘉之　ヒトイチ　画像解析〈警視庁人事一課監察係〉
濱　嘉之　ヒトイチ　内部告発〈警視庁人事一課監察係《デカ》〉
濱　嘉之　新装版 院内刑事
濱　嘉之　新装版 院内刑事〈ブラック・メディスン〉
濱　嘉之　院内刑事〈フェイク・レセプト〉
濱　嘉之　院内刑事　ザ・パンデミック
濱　嘉之　院内刑事　シャドウ・ペイシェンツ
濱　嘉之　プライド　警官の宿命

2024年3月15日現在

「司馬遼太郎記念館」への招待

司馬遼太郎記念館は自宅と隣接地に建てられた安藤忠雄氏設計の建物で構成されている。広さは、約2300平方メートル。2001年11月に開館した。

数々の作品が生まれた自宅の書斎、四季の変化を見せる雑木林風の自宅の庭、高さ11メートル、地下1階から地上2階までの三層吹き抜けの壁面に、資料本や自著本など2万余冊が収納されている大書架、……などから一人の作家の精神を感じ取っていただく構成になっている。展示中心の見る記念館というより、感じる記念館ということを意図した。この空間で、わずかでもいい、ゆとりの時間をもっていただき、来館者ご自身が思い思いにしばし考える時間をもっていただきたい、という願いを込めている。　（館長　上村洋行）

利用案内

所 在 地　大阪府東大阪市下小阪3丁目11番18号　〒577-0803
T E L　06-6726-3860（友の会）
H P　http://www.shibazaidan.or.jp
開館時間　10:00～17:00（入館受付は16:30まで）
休 館 日　毎週月曜日（祝日・振替休日の場合は翌日が休館）
特別資料整理期間（9/1～10）、年末・年始（12/28～1/4）
※その他臨時に休館することがあります。

入館料

	一　般	団　体
大人	500円	400円
高・中学生	300円	240円
小学生	200円	160円

※団体は20名以上
※障害者手帳を持参の方は無料

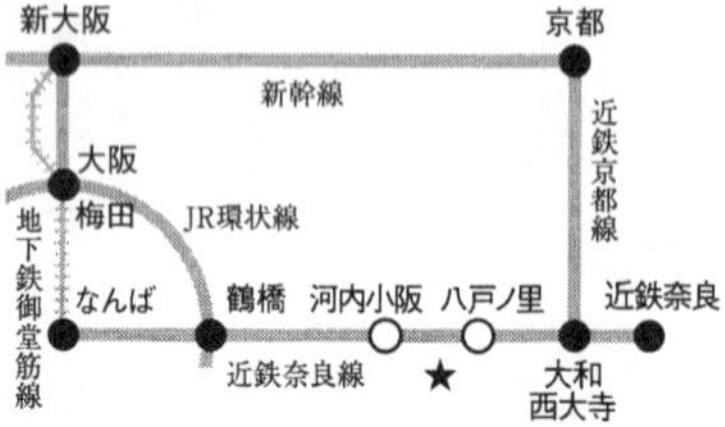

アクセス　近鉄奈良線「河内小阪駅」下車、徒歩12分。「八戸ノ里駅」下車、徒歩8分。
Ⓟ5台　大型バスは近くに無料一時駐車場あり。但し事前にご連絡ください。

記念館友の会　ご案内

友の会は司馬作品を愛し、記念館を支えてくださる会員の皆さんとのコミュニケーションの場です。会員になると、会誌「遼」（年4回発行）をお届けします。また、講演会、交流会、ツアーなど、館の行事に会員価格で参加できるなどの特典があります。

年会費　一般会員3000円　サポート会員1万円　企業サポート会員5万円
お申し込み、お問い合わせは友の会事務局まで
TEL 06-6726-3860　FAX 06-6726-3856